마왕

8

요도 김남재 신무협 장편소설

ORIENTAL FANTASY STORY & ADVENTURE

dream
books
드림북스

마왕 8

초판 1쇄 인쇄 2017년 1월 13일
초판 1쇄 발행 2017년 1월 23일

지은이 요도 김남재
발행인 오영배
기획 박성인
책임편집 이대용
표지·본문 디자인 권지연
일러스트 나래
제작 조하늬

펴낸곳 (주)삼양출판사·드림북스
주소 서울시 강북구 도봉로 173
대표 전화 02-980-2112 팩스 02-983-0660
편집부 전화 02-980-2116 팩스 02-983-8201
블로그 blog.naver.com/dreambookss
출판등록 1999년 3월 11일 제9-00046호

ISBN 979-11-283-9031-9 (04810) / 979-11-313-0507-2 (세트)

드림북스는 (주)삼양출판사의 판타지·무협 문학 브랜드입니다.

마왕
8
요도 김남재 신무협 장편소설
ORIENTAL FANTASY STORY & ADVENTURE
dream
books
드림북스

목차

1장. 선수

— 원하시는 게 무엇입니까

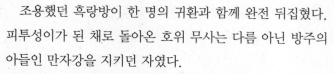

조용했던 흑랑방이 한 명의 귀환과 함께 완전 뒤집혔다.
피투성이가 된 채로 돌아온 호위 무사는 다름 아닌 방주의
아들인 만자강을 지키던 자였다.

소식을 전해 들은 방주 만휘양은 곧바로 방파의 인원들
을 소집했다.

늦은 저녁 제각기 쉬고 있던 인원들이 빠르게 흑랑방으
로 몰려들었다.

마른 체구의 노인인 만휘양이 카랑카랑한 목소리로 소리
쳤다.

"당장 수하들을 풀어서 강이를 찾아!"

"존명!"

대답과 함께 만휘양의 앞에 있던 이들이 일사불란하게 움직였다.

모두가 나간 대전에는 만휘양을 제외하고는 아무도 없었다.

커다란 장소에 홀로 앉아 있는 만휘양의 얼굴엔 초조함이 가득했다.

늘그막에 얻은 소중한 아들이다.

너무나 아끼던 그 아들이 정체불명의 이들과 만난 이후 생사를 확인할 길이 없다.

움직일 수 있는 최대한의 인원을 빠르게 바깥으로 내보낸 그가 안절부절못하고 손톱을 씹었다.

'만약에 강이에게 손끝 하나라도 댔다면 상대가 그 누구라 할지라도 반드시 갈가리 찢어 죽이고야 말겠다.'

만휘양은 자리에서 일어나서 대전 안을 왔다 갔다 하며 의심되는 자들을 떠올렸다.

사실 미치지 않고서야 마교 내부에서 자신들을 건드릴 만한 자가 얼마나 있겠는가. 평소 원한이 있던 자들을 하나둘씩 떠올리며 만휘양의 살심이 점점 깊어지고 있었다.

그렇게 대전 내부를 계속해서 서성이던 만휘양이 있는 곳에 수하 하나가 모습을 드러냈다.

황급히 달려온 그가 만휘양에게 말을 건넸다.

"방주님!"

"무슨 일이냐?"

혹여나 아들에 대한 뭔가를 알아 온 건 아닌가 하는 얼굴로 기대에 찬 만휘양에게 수하가 말을 이었다.

"손님이 찾아오셨습니다."

"이런 머저리 같은 새끼가? 지금 내가 손님이나 맞을 때로 보이느냐!"

기대감이 분노로 바뀌며 그의 화가 폭발했다.

노발대발한 모습에 움찔한 수하는 어깨를 움츠렸다. 그라고 어찌 방주가 손님이나 맞을 상황이 아니라는 걸 모르겠는가.

그럼에도 불구하고 와서 이 같은 이야기를 전한 건 다 이유가 있어서였다.

당장 설명하지 않으면 자신을 죽일 것처럼 날뛰는 만휘양의 모습에 수하가 황급히 소리쳤다.

"사, 상대가 대공자십니다."

"……대공자?"

쳐 죽일 것처럼 손바닥을 치켜들었던 만휘양의 목소리가 처음으로 사그라졌다.

갑자기 대공자라니?

이 늦은 밤에 연락도 없이 무슨 일이란 말인가.

마교로 돌아온 이후 단 한 번도 본 적이 없던 그가 갑자기 찾아왔다는 사실에 만휘양이 뭔가 미심쩍다는 듯이 물었다.

"그가 왜 날 찾아왔지?"

"그 이유는 저도 알 수 없으나 하나 이상한 게 있다고 합니다. 얼굴을 알아보긴 힘들긴 한데 소방주님의 것으로 보이는 옷을 입은 사람을 둘러메고 왔다고……."

"뭐? 그게 무슨 소리더냐. 대공자가 강이를 데리고라도 왔다는 거냐?"

"그것이 확실하지는 않습니다."

"젠장, 이게 대체 무슨 일이야?"

만휘양이 주먹을 움켜쥔 채로 신경질적으로 소리쳤다. 갑자기 등장한 대공자, 그리고 실종된 아들까지.

만약 둘이 연관되어 있다면…….

으드득.

이를 간 만휘양이 수하를 향해 섬뜩한 표정을 지은 채로 입을 열었다.

"안내하거라."

* * *

커다란 사고를 치자는 말과 함께 일행의 준비를 마친 혁련휘가 향한 곳은 다름 아닌 흑랑방이었다.

흑랑방으로 간다는 말에 환야는 내심 놀라면서도 이내 고개를 끄덕였다.

일이 커진 이상 결국 만자강의 일에 얽힌 것이 대공자 측 사람들이라는 게 밝혀질 것이다. 그걸 꼬투리 삼아 칠대천이 움직일 수도 있는 지금, 그들이 힘을 합치기 전에 오히려 먼저 움직이는 게 더 나은 선택이라는 판단이 섰다.

만자강의 손에서 구해 온 모녀에게는 장원의 한 곳을 마련해 줬고, 나머지 잡아 온 공자들은 혈도를 점해 일어나지 못하게 만들어 뒀다.

그리고 단 한 명 만자강만은 달치가 둘러멘 채로 함께 목적지인 흑랑방으로 이동하고 있었다.

함께 이동하면서 부의민이 투덜거렸다.

"쉴 틈이 없구만."

"누구 때문에 일이 이렇게 됐는데?"

그런 부의민을 가볍게 쏘아붙이는 환야였다.

혁련휘의 옆에서 나란히 걷던 비설이 조심스럽게 말을 걸었다.

"저기…… 형님."

"왜?"

"정말 이거 괜찮으시겠어요?"

비설은 지금 혁련휘의 판단이 은근 걱정이 되는 듯했다.

흠씬 두들겨 맞은 만자강을 데리고 간다는 것 자체가 큰 싸움이 벌어지거나, 혁련휘에게 좋지 않은 상황이 일어날까 걱정하는 비설이었다.

그런 비설의 걱정에 혁련휘가 가볍게 대꾸했다.

"상관없어."

"괜히 저희 때문에 형님이 위기를 감수하시는 것 같아서……."

사고를 친 게 미안했는지 비설의 목소리가 잦아들었다. 그런 그녀를 바라보며 혁련휘가 천천히 말을 받았다.

"위기라 생각하지 않아. 오히려 그 반대지."

"반대라뇨?"

"위기는 언제나 기회와 함께 오는 법이거든. 그래서 난 지금 이 일들을 오히려 기회라 여기고 있어."

말을 마친 혁련휘가 비설을 향해 다시금 말을 이었다.

"네가 걱정할 만한 일은 아무런 것도 일어나지 않을 거야. 그러니 주눅 든 표정 짓고 있지 말고."

혁련휘의 그 말에 비설은 고개를 끄덕이며 웃어 보였다.

둘이 대화를 나누는 사이 어느덧 일행은 목적지인 흑랑방을 목전에 뒀다. 선두에 서 있던 환야가 먼저 그 사실을 알렸다.

"저 앞에 보이는 것이 흑랑방입니다, 대장."

환야의 그 한마디에 혁련휘가 고개를 끄덕이며 말했다.

"비켜서게 해."

"알겠습니다, 대장."

환야가 곧바로 흑랑방의 입구로 달려갔다.

소방주인 만자강의 실종으로 가뜩이나 혼잡한 입구를 지키고 서 있던 수문위사는 환야가 다가오자 짜증 가득한 얼굴로 말했다.

"누구인지는 모르겠으나 오늘은 손님을 받지 않으니 물러갔다가……."

"대공자님이다. 길을 열어라."

환야의 그 한마디에 말을 이어 가던 수문위사가 당황한 듯 옆에 있는 다른 동료를 쳐다봤다. 놀란 듯 멍하니 서 있는 그들을 바라보며 환야가 표정을 팍 구기며 말했다.

"지금 뭣들 하는 거야?"

"아, 아! 이런! 죄송합니다. 그럼 곧바로 상부에 보고를 할 테니 잠시만 여기서 기다려 주시면……."

"기다리라고? 지금 대공자님에게 이런 곳에 서서 기다

리라 말하는 거냐?"

환야가 코웃음을 쳤다.

그런 그의 모습에 수문위사들 또한 당황해서 어떻게 해야 하나 안절부절못할 때였다. 뒤편에서 상황을 보고 있던 흑랑방의 높은 무인 하나가 황급히 환야에게 다가왔다.

"본 방에 사정이 조금 있는지라 대공자님에 대한 예우를 제대로 갖추지 못한 것 같소. 수문위사들이 워낙 경황이 없어서 말실수를 한 것 같은데 용서하시지요. 제가 우선 안으로 모시고 방주님께는 곧바로 사람을 보내겠소이다."

그의 제안에 환야는 고개를 끄덕였다.

무인이 빠르게 수문위사들에게 명했다.

"비켜들 서거라. 그리고 내 대공자님을 집마전(集魔殿)으로 모신다고 방주님께도 전하거라."

"알겠습니다."

갑작스러운 상황에 당황했던 수문위사들은 덕분에 위기에서 벗어나자 안도의 한숨을 내쉬었다.

상황이 정리되기 무섭게 딱 맞춰 도착한 혁련휘가 아무런 방해도 없이 흑랑방의 입구를 걸어 들어갔다. 그리고 그런 혁련휘의 뒤로 나머지 인원들 또한 따라 걸었다.

멀어져 가는 대공자 일행을 수문위사들이 바라보고 있을 때였다.

"그런데 저자는 뭐지? 얼굴 봤어?"

수문위사 중 하나의 눈이 향한 건 다름 아닌 달치의 어깨에 둘러메어 있는 정체불명의 인물이었다. 얼마나 얻어 맞았는지 얼굴을 식별하는 것조차 불가능할 지경이다.

다른 수문위사가 대꾸했다.

"퉁퉁 부어서 전혀 못 알아보겠던데."

"흐음. 그런데 저 옷 이상하게 눈에 익은데."

얼굴은 알아볼 수가 없었다.

허나 저토록 화려한 옷은 쉽사리 볼 수 있는 종류의 것이 아니었다. 그 순간 수문위사들 중 하나가 당황한 듯 소리쳤다.

"저거 소방주님 옷 아냐?"

"어어? 생각해 보니 아까 나가실 때 저 비슷한 옷을 입고 있으시긴 했는데."

이야기를 나누던 수문위사들은 당황스러운 표정으로 서로의 얼굴을 살폈다.

이미 눈에 보이지도 않을 정도로 멀어진 혁련휘 일행.

그리고 그 순간 수문위사 중 하나가 대공자가 온 사실을 알리기 위해 움직이려는 다른 이에게 자그마한 목소리로 속삭였다.

"소방주님하고 똑같은 옷을 입은 걸로 추정되는 자가 대공자에게 끌려왔다고 상부에 보고해."

　집마전이 있는 곳에 도달한 혁련휘는 그곳에 있는 의자에 가서 자리했다.

　그리고 나머지 일행들 또한 모두 그 근처에 가서 혹시 모를 상황에 대비했다.

　달치는 여전히 만자강을 어깨에 둘러멘 채로 반대편 손으로 자신의 배를 어루만졌다.

　"달치 배고프다."

　항상 입에 달고 다니는 말을 내뱉는 달치를 향해 환야가 대꾸했다.

　"돌아가면 배 터져라 먹게 해 줄 테니 조금만 참아."

　그나마 환야의 말이 위안이 되었는지 달치가 입을 닫았을 무렵이었다.

　굳게 닫혀 있던 집마전의 문이 열리며 빠른 걸음으로 노인 하나가 먼저 모습을 드러냈다.

　마른 체구의 노인, 바로 이곳 흑랑방의 방주 만휘양이었다.

　생각보다 더 다급하게 모습을 드러낸 그의 모습을 보며 환야가 재미있다는 듯 중얼거렸다.

　"어지간히도 급했나 보네."

집마전으로 들이닥친 만휘양의 뒤를 따라 흑랑방에 남아 있는 고수 몇몇 또한 함께 나타났다. 집마전에 들어선 만휘양의 시선이 달치의 어깨에 축 늘어져 있는 정체불명의 인물에게로 향했다.

얼굴도 알아볼 수 없었고, 목소리를 들은 것도 아니다.

허나 만휘양은 직감했다.

지금 얼굴이 퉁퉁 부어 알아보기도 힘든 저자가 자신의 아들이라는 사실을.

"내 아들을 돌려주시오!"

버럭 소리치는 만휘양을 의자에 앉은 채로 바라보던 혁련휘가 천천히 입을 열었다.

"순서가 틀렸군."

"순서?"

"그보다 먼저 나에게 예의를 갖춰야지."

말을 마친 혁련휘가 상체를 앞으로 잡아당기며 만휘양을 노려봤다. 그 시선을 마주하자 만휘양은 이를 갈았다.

아직까지 지금 벌어진 이 모든 상황을 이해할 순 없었다. 그렇지만 하나 확실한 건 이들의 손에 자신의 아들이 있다는 거다.

그것도 저렇게 엉망이 된 상태로.

이를 갈면서 만휘양은 포권을 취해 보이며 예를 갖추었

다.

"흑랑방의 방주 만휘양, 대공자님을 뵙습니다."

"얼굴 보기가 쉽지 않군."

혁련휘는 자신이 모두를 불렀던 그 자리에 만휘양이 오지 않았던 사실을 언급하고 있었다. 만휘양이 그런 혁련휘에게 대꾸했다.

"그래서 이런 짓을 벌이신 겁니까? 아무것도 모르는 제 아들을 건드리면서까지?"

말을 하는 만휘양의 얼굴에는 분노가 가득했다.

상대가 대공자만 아니었다면 당장이라도 죽이겠다고 길길이 날뛸 것을 간신히 참는 중이었다. 그런 그를 향해 혁련휘가 말을 이었다.

"뭔가 큰 착각을 하나 본데."

"착각이요? 엉망이 된 제 아들을 데리고 오신 대공자님을 보며 그럼 제가 어찌 생각해야 할는지요?"

따지고 드는 만휘양을 향해 혁련휘가 차가운 목소리로 대답했다.

"아들이 아주 더러운 놀이를 즐기더군."

"……!"

혁련휘의 그 한마디에 만휘양은 입술을 깨물었다.

아주 미세한 반응이었지만 혁련휘는 그런 변화를 놓치지

않았다.

"알고 있었던 모양이군그래."

만자강은 자신이 평소 이런 놀이를 즐기고 있다는 사실을 아버지는 전혀 모르고 있다고 생각했다. 허나 그건 만자강의 착각이었다.

만휘양은 오래전부터 만자강이 그 같은 말도 안 되는 잔인한 놀이를 즐긴다는 사실을 알았다. 물론 그 일을 알고 큰 충격을 받긴 했지만⋯⋯.

너무나 소중한 아들이었다.

나이가 들면 알아서 철이 들고 고쳐지겠지 하며 방관을 해 온 지 수년.

결국 일이 터지고야 만 것이다.

만휘양은 모르겠다고 발뺌을 할 생각이 없었다.

그냥 모르는 척하기엔 관련된 이들의 숫자가 너무나 많았으니까.

만휘양은 가만히 혁련휘를 바라봤다.

이곳까지 대공자인 그가 직접 발걸음을 했다.

그것도 만자강을 데리고 말이다.

그 말이 의미하는 것이 과연 무엇일까?

원하는 게 있다는 거다.

그리고 그 원하는 게 무엇이든 만휘양은 들어줄 의사가

충분히 있었다.

아들인 만자강의 비밀을 지켜 주는 조건으로 만휘양 또한 뭔가를 주는 건 거래를 해야 하는 입장에선 당연했으니까.

이쪽은 아들을 지킨다. 그리고 그 대가로 혁련휘가 원하는 뭔가를 내준다.

아주 단순한 이치다.

만휘양이 물었다.

"말씀하시지요. 저에게 무엇을 원하십니까?"

뭐든지 들어주겠다는 듯이 자신만만한 모습을 보여 주는 그를 향해 혁련휘가 말했다.

"또 큰 착각을 하고 있군."

"착각이라니요?"

되묻는 그를 향해 혁련휘가 차갑게 대꾸했다.

"난 네놈과 거래를 하러 여기에 온 것이 아니야. 네 아들이 저지른 짓에 대한 처벌을 하러 온 것이지."

처벌?

어느 누가 감히 칠대천을 벌한다는 말을 입에 담을 수 있단 말인가.

혁련휘가 설령 마교로 복귀하고 난 뒤에 빠르게 두각을 보이고 있긴 하지만…… 그뿐이다.

천하에 칠대천을 함부로 대할 수 있는 자는 아무도 없다.

그게 설령 대공자라 할지라도.

만휘양이 입술 끝이 묘하게 비틀렸다.

"처벌이라. 뭘 어떻게 하시겠단 말씀인지 모르겠군요."

혁련휘는 거래를 할 생각이 없다 했지만, 만휘양은 그게 사실이 아니라고 생각했다.

조금 더 많은 것을 뜯어내기 위해서 잠시 속내를 감추는 것일 뿐.

그런 만휘양을 가만히 바라보던 혁련휘가 천천히 입을 열어 말했다.

"너와 거래를 할 생각이 없다는 소리야. 난…… 네가 가진 모든 걸 빼앗으러 왔거든."

만휘양은 당황했다.

자신을 바라보는 그 시선, 그리고 흔들림 없어 보이는 강경한 말투까지.

거래를 할 생각이 없다고 말한 건 그저 기세 싸움에서 우위를 점하기 위해 강경하게 나오는 것뿐이라 여겼다.

그런데…….

'이놈, 진심이다.'

칠대천인 흑랑방을 상대로 제대로 붙어 보려는 심산이

분명했다.

그걸 눈치챘기에 여유 있어 보이던 만휘양의 표정도 변했다.

딱딱하면서도 심기가 불편해 보이는 얼굴.

자신이 누구인가?

칠대천의 하나인 흑랑방의 방주다.

더군다나 이곳은 자신들의 안방인 흑랑방. 이런 곳으로 찾아와 모든 것을 빼앗겠다는 게 무엇을 의미한단 말인가.

만휘양이 다소 격앙된 목소리로 입을 열었다.

"지금 하신 그 말씀…… 저희 칠대천을 적으로 돌리시겠다는 말로 들어도 되겠습니까?"

만휘양은 칠대천이라는 이름에 보다 힘을 주며 말했다.

그는 자신이 있었다.

칠대천이라는 이름이 지니는 힘을, 그리고 그 칠대천의 하나인 자신의 존재를 말이다.

만휘양의 대답을 들은 혁련휘가 달치를 향해 시선을 돌렸다.

"달치야."

"왜 부르나 주인."

"그 녀석 잠시 세워 봐."

혁련휘의 말에 달치는 어깨에 둘러메고 있던 만자강을

옆에 일으켜 세웠다. 물론 아직까지도 점혈을 당한 상태다 보니 자신의 의지로 서 있을 수도 없었지만 말이다.

혼절해 있는 만자강의 양어깨를 움켜잡은 채로 달치가 그가 쓰러지지 않게 지탱하고 있을 때였다.

축 처져 있는 아들을 바라보는 만휘양의 눈동자가 흔들렸다.

얼마나 귀하게 키운 자식인데 이런 꼴을 당한단 말인가.

화가 치밀었지만 가까스로 참아 내고 있을 그때.

혁련휘의 손이 움직였다.

타악.

혁련휘의 손이 바닥을 향해 수그러져 있는 만자강의 턱을 움켜잡았다.

억지로 얼굴을 마주 보게 치켜세운 혁련휘가 차가운 목소리로 말했다.

"잘못을 했으면 벌을 받아야지?"

말을 마친 혁련휘가 반대편 손으로 그의 이빨 몇 개를 움켜잡았다. 그 모습을 본 만휘양이 당황한 듯 더듬거렸다.

"자, 잠깐! 대체 지금 무슨……."

으드득!

만자강의 하얀 이빨 몇 개가 뽑혀져 나오며 덩달아 피가 쏟아져 나왔다.

혁련휘가 아무렇지 않게 손으로 뽑아 든 이빨을 바닥으로 던졌다.

투두둑.

떨어진 아들의 이빨을 바라보는 만휘양의 얼굴은 멍했다.

믿을 수가 없었다.

칠대천의 하나인 흑랑방 소방주에게 이런 대우라니. 그 누구라 할지라도 이 같은 짓을 할 수 있을 거라 생각지 못했다.

그게 문제였다.

누구라 할지라도 자신들을 건드릴 수 없을 거라는 강한 자신감.

허나 눈앞에 있는 혁련휘는 칠대천이라는 이름 앞에 일말의 두려움이나 망설임조차 없는 사내였다.

하얗게 질려 있는 만휘양을 향해 혁련휘가 감정이 느껴지지 않는 목소리로 천천히 말했다.

"우습군. 칠대천이라는 이름을 앞에 두면 내가 몸이라도 사릴 줄 알았더냐?"

그런 그를 향해 만휘양이 버럭 소리쳤다.

"지금 이게 무슨 짓입니까! 대공자!"

"왜? 네 아들이 한 짓에 비하면 이 정도로 벌써 호들갑 떨 정도는 아니잖아?"

혁련휘의 한마디에 만휘양은 자신의 입을 앙다물었다.

힘없는 이들을 잡아 서로를 죽이게 하고, 잔인한 살인까지 서슴지 않은 아들이다.

수십 명이 넘는 이들이 그저 놀이에 희생됐고, 그에 비해 이빨 몇 개 나간 것 정도야 아무것도 아니지만……

그 순간 혁련휘가 만자강의 목을 움켜잡았다.

그런 모습에 만휘양을 비롯한 그를 따라온 흑랑방의 무인들 모두가 움찔했지만 누구도 섣부르게 움직일 수 없었다.

잘못했다가는 만자강이 목숨을 잃을 수도 있는 상황이었기 때문이다.

그런 상태에서 혁련휘가 입을 열었다.

"칠대천이라는 이름이 그리 대단한가?"

우스웠다.

그것이 뭐가 그리도 대단하기에 대공자인 자신의 앞에서 칠대천이라는 이름을 언급하며 뭐라도 되는 것처럼 군단 말인가.

혁련휘가 말을 이었다.

"그자가 멀쩡할 때까지만 해도 숨도 제대로 못 쉬고 죽은 듯이 살아오던 쥐새끼들이…… 이제 주인이 병약해졌다고 하늘 무서운 줄 모르고 설치는구나.”

혁무조가 언급되자 만휘양은 움찔했다.

그가 병상에 누웠음에도 불구하고 그 누구도 먼저 움직이지 않는 이유.

그만큼 혁무조가 두려웠기 때문이다.

설령 죽어 가고 있다 한들 그가 보여 줬던 그 모습들이 아직까지도 칠대천을 섣불리 움직이지 못하게 만들고 있었다.

말을 내뱉으면서 진득한 살기를 뿜어 대는 혁련휘를 바라보는 만휘양은 이상하게도 가슴이 답답했다. 이자를 보고 있자니 젊었을 적의 혁무조와 마주하고 있는 기분이 든다.

들어서 알고는 있었지만, 오랜 시간 옆에서 보아 왔던 소교주 혁리원과 이자는 너무나 달랐다.

맹수다.

상대의 약한 틈을 발견하면 곧바로 달려들어 물어뜯고야 마는…… 무서울 정도로 치명적인 맹수!

그랬기에 만휘양은 생각했다.

‘약하게 나갔다가는 잡아먹힌다.’

만휘양이 이를 갈며 강하게 경고했다.

"거기까지만 하시지요. 더는 저도 안 참습니다."

"안 참는다?"

혁련휘가 고개를 돌려 만휘양을 바라봤다. 그의 차가운 눈동자가 만휘양의 날카로운 시선과 마주한 채로 강렬한 빛을 쏟아 냈다.

혁련휘가 갑자기 달치의 손아귀에 잡혀 있던 만자강을 빼앗듯이 잡아당겼다. 그러고는 곧바로 만자강을 한쪽에 위치해 있는 바위로 만들어진 조경들 사이에 쑤셔 박았다.

콰앙!

날아가 박힌 만자강의 주변에 있던 돌들이 흡사 거미줄 모양으로 갈라졌다.

쩌저적.

그리고 혼절해 있던 만자강의 입에서 피가 울컥 터져 나왔다. 그런 그를 본 만휘양이 눈을 치켜떴을 때였다.

앞을 막아선 채로 혁련휘가 가볍게 말을 이었다.

"이제 어쩔 건데?"

할 테면 해 보라는 듯이 혁련휘가 만휘양을 응시했다.

만휘양은 인정해야만 했다.

협상을 할 일말의 가능성도 없다. 그런데도 불구하고 이곳에 온 이유가 뭘까? 혁련휘 본인이 말한 대로 모든 것을 빼앗을 거라는 이야기가 의미하는 건 바로 이 흑랑방이 분명했다.

'흑랑방을 무너트리려 하고 있어.'

만자강이 준 명분을 이용해 혁련휘는 지금 칠대천 사냥을 시작한 것이다.

그 사실이 피부에 절절히 와 닿자 만휘양의 생각도 단순해질 수밖에 없었다.

지금 자신이 할 수 있는 선택은 단 두 개뿐이었으니까.

이대로 혁련휘에게 굴복하느냐, 그게 아니면 대공자인 그와의 싸움을 시작하느냐.

어떤 선택을 하든 엄청난 파장을 불러일으킬 만한 상황. 그렇지만 그 둘 중 무엇을 선택할지 결정하는 것은 그리 어렵지 않았다.

만휘양은 혁련휘에게 굴복할 생각은 눈곱만큼도 없었다.

'그 긴 시간을 혁무조에게 굴복한 채로 살아왔는데……다시금 그리 지낼 수는 없지.'

아직 새파란 애송이에 불과한 존재.

거기다 과거 소교주와의 일을 겪으며 만휘양은 자신감을 얻었다. 이미 천하는 변하고 있었다. 더는 교주의 핏줄에게 자신들이 굴복하고 있을 이유가 없다 여겼다.

하필이면 대공자라는 번거로운 존재를 칠대천 중에서 자

신이 떠안게 되었지만…….

피할 수 없는 위기라면 그것을 기회로 만들어야 한다.

사대가문에 비해 삼대방파는 그 위세가 약했고, 설령 교주 혁무조의 시대가 끝난다 해도 자신들이 가질 수 있는 것은 상대적으로 적을 수밖에 없었다.

그걸 이번 일로 만회한다.

상대들의 숫자는 고작 다섯.

물론 대공자를 그냥 죽인다면 그 후폭풍이 엄청날 거라는 건 알고 있다.

그렇지만 명분이 있다면?

혁련휘는 지금 아들인 만자강의 잘못을 이유로 자신을 억압하려 들고 있다.

그렇지만 그 상황을 반대로 이용하면 이 또한 만휘양에 겐 기회였다.

우선 알아야 할 것은 아들의 잘못을 아는 이가 이들을 제하고 누가 있느냐는 거다. 그리고 오늘 밤, 남아 있는 그들을 제거한다.

쉽지 않은 일임은 분명하지만 이대로 손 놓고 혁련휘에게 항복하는 것보다는 훨씬 나은 선택이다. 더군다나 혁련휘가 죽는다면 그의 편을 들었던 자라 해도 다시금 변심을 할 수밖에 없을 게다.

그 상태로 만휘양은 이 모든 죄를 죽은 혁련휘에게 뒤집어씌우려고 하는 것이다.

오히려 혁련휘를 가해자로, 자신의 아들을 그런 장면을 목격하고 막으려고 나선 영웅호걸로 꾸미면서.

더군다나 지금 자신은 혼자가 아니다.

비록 뜻은 조금씩 다르다고는 하지만 다른 칠대천들이 이번 일을 무마시키기 위해 자신을 도울 거라는 확신이 있었다.

그만큼 혁련휘는 지금 칠대천에게 눈엣가시와 같은 존재였으니까.

변해 버린 만휘양의 표정에서 혁련휘는 그의 마음을 읽었다.

그제야 혁련휘가 제대로 몸을 돌려 만휘양과 마주했다.

혁련휘가 입을 열었다.

"눈빛이 변한 걸 보니 드디어 결단이 섰나 보군."

"후후. 대공자 그대는 참으로 어리석은 사람입니다. 내 제안을 받아들였다면 서로에게 득이 되었을 터인데 굳이 이렇게 물어뜯으려는 듯이 나서는 이유를 모르겠군요. 저에게서 뭔가를 얻어 갔다면 최소한 조금의 힘이라도 더 지닐 수 있었을 터인데…….."

"네깟 놈과 얄팍한 거래를 하지 않고서는 못 버틸 정도라면 애초에 이곳에 돌아오지도 않았어."

혁련휘는 목소리에는 확고함이 묻어났다.

애초부터 흑랑방을 찾아온 것 자체가 지금과도 같은 싸움을 벌이기 위함이다. 아들인 만자강이 실종되며 만휘양이 많은 숫자를 바깥으로 내보낸 지금이 어쩌면 최고의 기회였으니까.

현재 흑랑방에 남아 있는 무인의 수는 평소 흑랑방에 상주해 있는 인원의 반의반에 불과했다.

거기다가 일부러 선제공격하지 않고 만휘양이 먼저 이를 드러내게 한 것.

이 또한 혁련휘가 노리던 바였다.

만자강의 악행과, 대공자인 자신을 죽이려고 한 만휘양의 행동.

이 두 가지라면 지금 이곳에서 자신이 흑랑방을 지운다 한들 그 누구도 그에 대한 책임을 묻지 못할 테니까.

아직까지 확고한 지지 기반이 없는 혁련휘였기에 명분이라는 걸 그냥 무시하긴 어려웠다. 그러던 차에 스스로 달려들어 주니 혁련휘의 입장에서는 오히려 고마울 지경이었다.

물론 그렇게 만든 것 자체가 혁련휘의 계획이었지만 말이다.

돌 사이에 처박힌 채 벌어진 입으로 연신 피를 흘리는 만자강을 만휘양이 잠시 바라봤다.

'조금만 기다리거라.'

소중한 아들, 그리고 그를 구하기 위해 지금 만휘양은 결단을 내렸다.

만휘양이 뒤편에 있는 수하들에게 시선을 보냈다.

그의 전음이 수하들에게 날아들었다.

『오늘 이곳에서 대공자를 죽인다.』

전음에 수하들은 움찔했다.

그렇지만 그들 또한 그런 만휘양의 명에 고개를 끄덕였다.

자신들이 생각해도 이곳에서 대공자를 죽이는 것이 차라리 나을지도 모른다는 생각이 들어서다.

만휘양은 치밀한 인물이었다.

나이를 먹은 만큼 노련하고, 혹시 모를 상황에도 대비했다.

그가 소리쳤다.

"바깥에 있는 이들은 모두 들어오거라!"

만휘양의 명에 집마전 외부에서 대기하고 있던 백여 명에 달하는 인원들이 빠르게 안으로 모습을 드러냈다.

그들의 갑작스러운 등장에도 혁련휘는 표정 변화가 없었

다.

그리고 그건 다른 이들 또한 마찬가지였다.

"휘유, 처음부터 저희를 죽일 생각도 했던 모양인데요? 미리 대놓고 병력들을 숨겨 놓은 걸 보면 말입니다."

"상관없어."

환야의 말에 혁련휘가 시큰둥하게 대답했다.

혁련휘는 파멸혼을 꺼내어 들며 말을 이었다.

"이 정도는 돼야 그래도 시시하지는 않을 테니까."

백여 명이 넘는 고수들. 거기다 칠대천의 방주인 만휘양은 그리 녹록하지 않은 인물이다. 그리고 그를 따라 모습을 드러낸 흑랑방의 장로들까지.

그 숫자와 실력들이 보통이 아니거늘 혁련휘는 전혀 주눅 들지 않았다.

혁련휘는 침착하게 환야에게 전음을 날렸다.

『달치랑 같이 바깥으로 나가.』

『네? 이놈들은 어쩌시고요.』

『비설하고 부의민, 둘만 있어도 충분해.』

『그거야 알죠. 저희 둘이 뭔가 할 거라도 있습니까?』

오랜 시간 혁련휘와 함께해 온 환야다.

그는 단번에 혁련휘가 자신들에게 다른 명을 내릴 거라는 걸 눈치챈 것이다.

그런 환야의 예상대로 혁련휘는 둘에게는 다른 걸 부탁할 생각이었다.

『달치에겐 집마전으로 오는 다른 놈들을 막으라고 해. 그리고 넌 혹시 모를 전서구를 막아.』

지금 혁련휘가 신경 쓰는 건 이들 흑랑방이 아니다.

흑랑방이 지금 이 기회를 틈타 자신을 제거하기로 한 이상 다른 칠대천의 힘을 빌리려 들 수도 있다. 아무리 혁련휘라 해도 칠대천 모두를 한 번에 상대할 생각은 없었다.

혁련휘가 재차 전음을 보냈다.

『모든 일이 끝날 때까지 오늘 밤 이곳에서 벌어지는 일이 다른 곳으로 흘러 나가지 않게 해.』

그러기 위해서는 이곳 흑랑방에서 나가는 전서구를 막아야 했다.

그리고 그 임무를 환야에게 맡긴 것이다.

생각보다 쉽지 않은 임무에 환야가 뒷머리를 긁적거렸다.

『마음먹고 전서구를 보내면 한두 마리가 아닐 텐데요. 그 날아다니는 걸 다 잡으라고요?』

『그래서? 못 하겠어?』

전음을 보내며 혁련휘가 환야를 뚫어져라 바라봤다. 이미 대답은 듣지 않아도 환야가 무슨 말을 할지 안다는 듯한 그 표정.

그 표정을 보면서 환야가 피식 웃었다.

그가 다시금 전음을 날렸다.

『오늘 야식으로 배 터지게 새 구이를 드시게 해 드리죠.』

『좋아 가 봐. 흑풍이 도울 거다.』

혁련휘의 대답이 떨어지는 순간 환야가 곧바로 달치의
어깨를 툭 쳤다.

그리고 곧바로 둘은 약속이라도 한 듯이 담장을 날아오
르듯 바깥으로 빠져나갔다.

혁련휘의 아래에 있는 둘이 갑작스럽게 사라지자 만휘양
이 소리쳤다.

"도망친다! 결코 살려서 보내지 마라!"

"걱정하지 마시지요. 이미 대공자가 왔을 때부터 경계를
시작했으니 결코 빠져나가지 못할 겁니다, 방주님."

옆에 있는 장로 하나가 걱정 말라는 듯이 말했다.

그런 그의 말에 고개를 끄덕이며 만휘양이 혁련휘를 향
해 다가왔다.

그의 뒤편에 있는 수많은 무인들 또한 혁련휘 일행을 포
위하듯이 다가왔다.

선두에 선 만휘양이 혁련휘를 향해 말을 걸어왔다.

"위험한 분이라 생각했는데, 그리 머리가 좋지는 않은

모양입니다. 수하 두 명을 보내 구원 요청이라도 하려고
하셨나 본데…… 설령 그 작전이 성공한다 한들 과연 그때
까지 대공자님의 목숨이 붙어 있으시겠습니까?"

비웃는 만휘양을 향해 혁련휘가 파멸혼을 든 채로 말을
받아쳤다.

"구원병은 안 와."

"……?"

"우리가 전부거든."

"그렇다면 지금 방금 왜 수하들을 바깥으로……."

"구원병이 못 오게 하려고."

혁련휘의 말에 만휘양이 고개를 갸웃했다.

구원병이 없다고 말하기 무섭게, 구원병이 못 오게 하려
고 한다니?

무슨 말인지 이해가 안 간다는 듯 서 있는 그를 향해 혁
련휘가 말을 이었다.

"너희들을 살려 줄 구원병 말이야."

"하, 하하하!"

만휘양이 어처구니없다는 듯 웃음을 터트렸다.

대체 이런 밑도 끝도 없는 자신감은 어디서 나오는 것일
까?

웃고만 있던 만휘양의 표정이 싸늘하게 변했다.

"내 제안을 거절한 걸 후회하며 죽으시지요, 대공자."

"너야말로."

말을 받아친 혁련휘가 곧바로 옆에 서 있는 비설에게로 시선을 돌렸다. 그녀는 무표정한 얼굴로 전방을 응시하고 있었다.

그런 비설을 향해 혁련휘가 입을 열었다.

"비설, 부탁하지. 오늘은 실력 발휘 좀 해 줘."

혁련휘의 그 말에 비설이 자미쌍검의 검집에 손을 얹은 채로 어색하게 웃었다.

평상시 실력을 숨기는 비설의 모습을 잘 아는 혁련휘였기에 할 수 있는 말이다.

그녀가 이내 고개를 끄덕이며 입을 열었다.

"알겠습니다, 형님. 보는 눈도 없으니 최대한 해 볼게요."

그런 혁련휘의 말에 가만히 있던 부의민이 억울하다는 듯이 말했다.

"뭐야? 나한테는 왜 아무 말도 안 해?"

"죽지나 마."

"치사하게 차별하냐?"

부의민이 투덜거렸다.

말을 내뱉으면서도 부의민의 시선은 눈앞에 있는 많은 숫자의 적들에게로 향해 있었다. 그들이 뿜어내기 시작한 투기가 보통을 넘어선다.

그럼에도 불구하고 부의민은 침착했다.

그런 부의민을 곁눈질하던 비설이 의외라는 듯이 입을
열었다.

"아저씨. 생각보다 제법 태연하시네요."

"아, 사실 말이야. 숫자만 봐도 무섭기는 한데……."

누가 봐도 승산 없어 보이는 싸움이다. 저쪽은 무림에
이름 쟁쟁한 고수들이 즐비하고 숫자도 비교도 안 될 정도
로 많다.

그런데 왜일까?

질 것 같지 않다는 생각이 밀려드는 이유는.

앞서서 걸어 나가는 혁련휘의 커다란 등이 눈에 들어와
박힌다.

백여 명이 넘는 무인을 향해 일말의 망설임도 없이 성큼
다가가는 혁련휘의 모습은 무모하다는 느낌마저 들었다.

허나 그런 혁련휘의 뒷모습에서 알 수 없는 확고한 믿음
이 부의민에게 밀려든다.

그랬다.

바로 저 사내가 함께였으니까.

혁련휘가 함께 있었기에 부의민은 자신할 수 있었다.

숫자가 아무리 많아도, 저들 중에 암만 뛰어난 고수가

있다고 해도…….

부의민이 피식 웃었다.

'우리가 이긴다.'

그게 바로 자신이 저 사내를 따르게 된 이유니까.

2장. 공포

— 녀석한테서 떨어져

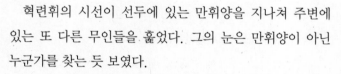

혁련휘의 시선이 선두에 있는 만휘양을 지나쳐 주변에 있는 또 다른 무인들을 훑었다. 그의 눈은 만휘양이 아닌 누군가를 찾는 듯 보였다.

지금 혁련휘가 찾는 건 다름 아닌 장룡(張龍)이라는 자였다.

그는 흑랑방 최고의 고수이자 오래전 있었던 정사대전에서도 맹활약을 했던 인물이다.

마교를 대표하는 최고 고수라 일컬어지는 절대십마(絕對 十魔)의 한 사람.

'없군.'

장룡의 얼굴을 혁련휘는 잘 알고 있기에 단번에 그가 이 자리에 없다는 사실을 알 수 있었다.

그자가 있었다면 제법 귀찮아질 수 있었을 싸움이거늘 다행히도 장룡은 이곳 마교 내성이 아닌 흑랑방 본가에 가 있는 모양이었다.

장룡이라는 존재가 있고 없고에 따라 흑랑방의 전력은 갑절, 어쩌면 그 이상으로도 변한다.

그것이 바로 절대적인 고수가 가질 수 있는 힘이자, 존재감.

눈앞에 있는 이들 또한 마교 내에서 알아주는 고수들이었고, 또 하나같이 녹록지 않은 자들임은 분명했지만…….

'칠대천.'

혁리원을 죽음으로 몰아가게 한 자들.

그의 시체를 눈앞에 목도했을 때부터 다짐했었다. 관련된 모든 이들에게 죽음을 선사하겠다고. 그리고 그 목표 중 하나가 지금 눈앞에 있었다.

상대가 칠대천이든, 아니면 그 이상의 무엇이든 두렵지 않다.

오래전 혁무조가 그들을 모두 발아래 무릎 꿇렸던 것처럼, 혁련휘 또한 이들을 하나같이 무너트릴 생각이었다.

혁무조보다 더욱더 인정사정없이.

혁련휘의 전신에서 뇌기가 뿜어져 나가기 시작했다.

츠츳!

몸 주변으로 아지랑이처럼 퍼져 나가는 뇌기를 본 이들은 당황스러운 표정을 지어 보였다. 혁련휘를 마주하고 있던 만휘양이 작게 중얼거렸다.

"저런 무공은 본 적이 없는데……."

마교 칠대천의 하나의 수장으로 있으면서 수많은 무공을 보았고, 들어왔다.

그렇지만 지금 보는 혁련휘의 무공은 독특했고 또한 섬뜩했다.

뿜어져 나오는 범상치 않은 기운 하나만으로도 분위기가 확 돌변했다.

그리고 만휘양은 이들을 이끄는 수장으로서 이런 분위기에 휩쓸리는 걸 막아야만 했다.

그가 버럭 소리쳤다.

"어차피 잡술에 불과할 뿐이다! 정신들 차려!"

고함으로 그치지 않고 만휘양 또한 내력을 뿜어냈다. 그의 손아귀를 타고 적색 기운이 밀려들었다. 그리고 이내 그 적색 기운은 점점 커다란 하나의 검의 모양으로 형상화되었으니……

자독마라강(紫毒魔羅罡)이라 불리는 강기가 손바닥을 타

고 흘러나온 것이다.

강기가 뿜어져 나오자 주변에 있던 흑랑방의 무인들의
얼굴에 경외감이 감돌았다. 더불어 입에서는 감탄한 듯한
탄성이 흘러나왔다.

"오오."

기를 유형화시켜 만드는 강기는 무인이라면 누구라도 오
르고 싶어 하는 꿈의 경지다. 실질적으로 강기를 뿜어낼 정
도의 수준에 오를 수 있는 무인은 일부 선택을 받은 이들뿐
이다.

그리고 바로 만휘양 또한 그런 자들 중 하나였다.

공기마저 빨아 당기는 그 강렬함이 주변을 적색 기운으
로 물들였다.

그가 여유 있는 표정으로 혁련휘에게 말했다.

"오시지요, 대공자."

도발적으로 손을 까닥거리는 그 모습에 혁련휘의 눈이
가늘어졌다.

"어딜 감히……."

혁련휘가 성큼 다가가며 허공을 향해 파멸혼을 높게 치
켜들었다. 그 순간 거짓말처럼 파멸혼이 불꽃에 휩싸였다.

쿠드드득!

동시에 밀려드는 커다란 폭풍과도 같은 힘에 수강을 뿜

어 대며 자신 있게 서 있던 만휘양의 신체가 흔들렸다.

혁련휘의 파멸혼이 움직였다.

콰앙!

도신을 타고 꿈틀거리던 새빨간 불꽃이 기다렸다는 듯이 사방으로 비산하며 갈라졌다.

비틀거리던 만휘양은 가까스로 손에 들린 수강을 흔들었다.

그의 손에 맺혀 있던 강기가 혁련휘가 뿜어낸 불꽃과 뒤엉켰다.

그리고 두 개의 기운이 맞닿는 순간 찾아온 고요한 정적.

허나 그것은 곧 있을 커다란 폭풍을 알리는 전초전이었다.

찰나의 정적 이후 찾아온 것은 두 개의 커다란 힘이 충돌하며 생겨난 충격파였다.

콰드득.

집마전의 바닥에 미세한 균열이 생겼다.

그리고 그것이 시작이었다.

균열이 사방으로 퍼져 나가며 집마전의 바닥이 뒤집혔다.

쿠왕!

이미 두 개의 힘이 충돌할 때부터 이런 상황을 예측하고 있던 비설이 빠르게 허공으로 뛰어오르며 부의민의 옷깃을 잡아챘다.

얼결에 목덜미가 잡힌 채로 허공으로 날아올랐던 부의민은 근처에 착지하자 목을 움켜잡고는 켁켁거렸다.

"야! 갑자기 왜……."

소리치던 부의민의 목소리가 잦아들었다.

지금 벌어진 상황이 눈에 들어오는 순간 비설에게 잔소리를 할 이유가 사라졌으니까.

땅이 뒤집혔다.

바닥을 이루고 있던 돌들이 사방으로 날아올랐고, 그 탓에 인근에 자리하던 자들 중 일부는 그 충격파에 휩쓸려 이미 피투성이가 되어 쓰러진 자들까지 있었다.

그 모습을 멍하니 바라보던 부의민이 이내 중얼거렸다.

"이걸 믿어야 해, 말아야 해?"

단 일격에 집마전이라는 커다란 장원의 모든 바닥과 함께 외벽들이 무너져 내리고 있었다. 그리고 전방으로 쏘아진 충격파의 범위는 먼지가 되어 사라져 있었다.

버티고 선 건 오로지 수강을 뿜어내고 있던 만휘양 하나뿐.

그의 사방 일 장 간격을 제하고는 그 모든 게 사라져 버렸다.

어마어마한 파괴력의 공격이 눈 깜짝할 사이에 터져 나왔던 것이다.

둘의 힘이 충돌하며 벌어진 일.

하지만 상황을 보면 누구의 힘이 압도적이었는지 알 수 있었다.

반탄강기를 일으켜 주변을 지켜 내긴 했지만……

아무렇지 않게 파멸혼을 어깨에 올려놓은 혁련휘가 만휘양을 향해 말을 걸었다.

"다시 까닥거려 봐. 이번엔 그 목을 날려 줄 테니까."

혁련휘의 시선이 향한 곳은 만휘양의 팔이었다. 방금 전까지 수강을 뿜어 대며 위풍당당해 보였던 그의 팔은 이미 충격으로 피투성이가 된 상태였다.

만휘양은 손에 느껴지는 고통이 아니었더라면 지금 이 상황을 믿을 수 없었을 것이다.

대체 이 무지막지한 힘은 무엇이란 말인가.

불꽃이 갈라지는 순간 터져 나왔던 힘에 자신의 강기가 눈 녹듯 사라져 버리는 걸 두 눈으로 똑바로 보고야 말았다.

말도 안 되는 힘을 목도한 만휘양의 머리에 뭔가 퍼뜩 떠오르는 한 가지가 있었다.

오래된 마교의 전설.

'……그 전설이 사실이었던 것인가?'

자하도에는 수많은 절정 무공과 신병이기, 그리고 어마어마한 재물이 남아 있다는 전설이 있다.

물론 그런 전설이 생긴 데에는 타당한 이유가 있었다.

자하도라는 곳 자체가 바로 무림 역사상 가장 강했던 자의 무덤이었으니까.

자하도는 수백 년 전 마교의 창시자인 천마가 자신을 따르는 네 명의 마신들과 함께 스스로를 가둔 곳이다.

천마는 나이를 먹고 무림을 떠나며 자신이 굴복시켰던 사대마신(四對魔神)들과 함께 자하도로 걸어 들어갔다.

사대마신과 그의 가족들.

그리고 또 그들을 따르는 수많은 이들과 함께 말이다.

자하도로 들어간 천마는 그 누구도 들어오지도, 나가지도 못하게 하기 위해 강물을 독(毒)으로 만들었다. 그 당시 천마가 풀었던 수많은 독들은 너무나 지독해서 아직까지도 자하도는 그 누구도 범접할 수 없는 전설의 땅이 되어 버렸다.

아무도 들어가지도, 나올 수도 없는 미지의 땅 자하도.

그리고 눈앞에 있는 대공자는 그곳으로 향하는 강물에 몸을 던졌다가 살아 돌아온 자다.

만약 정말로 혁련휘가 그 와중에 자하도에 들어갔고, 다시금 나왔다면…… 지금 자신은 전설로만 들어 왔던 천마의 무공을 상대하고 있는 것일지도 모르겠다.

만휘양이 떨리는 눈동자로 혁련휘를 바라보고 있을 때였다.

다소 떨어진 곳에서 상황을 보고 있던 비설이 부의민의 옆구리를 쿡 하고 찔렀다. 그가 고개를 돌리자 비설이 말을 이었다.

"저희도 시작하죠. 이렇게 시끄럽게 시작하셨는데 시간 끌었다가 귀찮아질 수도 있잖아요."

이 정도의 충격파라면 집마전에 오지 않은 흑랑방의 무인들이라고 해도 뭔가 일이 벌어졌다는 걸 눈치채는 건 자명한 사실.

달치가 막아서고 있긴 하지만 숫자가 많아질수록 귀찮아질 확률이 높은 건 분명했다.

그랬기에 비설은 그 전에 이 일을 끝내는 게 낫다는 판단이 섰다.

비설이 자미쌍검을 들고 달려들었다.

그녀는 평소처럼 자신의 무공을 숨겼다.

정파의 무공 흔적을 남긴다는 것 자체가 그리 내키진 않았으니까.

그렇지만 그녀는 이럴 때를 대비해 익혀 둔 많은 무공들이 있었다.

거기다가 정파의 무공을 변형시켜 전혀 다른 무공으로 느껴지게끔 하는 것도 가능했다.

사실 북천회의 입장에서만 본다면 비설이 이렇게 나서는 걸 그리 탐탁지 않게 여기겠지만……

'형님을 도울수록 나한테도 이득이라고 둘러대지 뭐.'

완전히 거짓말은 아니었기에 비설은 거리낄 게 없었다.

그녀의 두 자루의 검이 양쪽으로 움직였다.

뒤편에 있는 이들의 중앙으로 떨어져 내린 비설의 검이 사방으로 휘날렸다. 그녀의 검을 따라 뿜어져 나오기 시작한 검기들이 사방을 할퀴듯이 움직였다.

"막앗!"

놀란 누군가가 소리쳤지만 비설의 검기가 이미 파고들었다.

순식간에 전면에 서 있던 이들이 쓰러져 내렸고 그 틈을 헤집으며 비설은 보다 빠르게 몰아치기 시작했다.

그녀의 기민한 움직임을 쫓을 수 있는 이는 이곳 흑랑방에도 그리 많지 못했다.

비설이 헤집는 걸 잠시 바라보던 부의민이 짧게 혀를 찼다.

"이거야 뭐 내가 나설 필요도 없겠는데."

눈으로 좇지도 못하는 비설에게 적들은 휘둘리고 있었다.

결국 시간이 필요할 뿐이지 저들 모두가 비설의 손에 쓰러질 걸 알고는 있었지만 부의민 또한 검을 뽑으며 앞으로 걸어갔다.

예전 동료였던 팔영과의 싸움으로 인해 아직도 피곤하긴 했지만 그곳에서 가장 활발하게 싸워 대던 비설도 저렇게 싸우고 있거늘 자신이 농땡이를 피울 상황은 아닌 듯싶었다.

'칠대천과 검을 겨누는 날이 올 줄은 몰랐는데 말이야.'

뽑아 든 검을 치켜들며 부의민은 고개를 가볍게 저었다.

썩어 버린 마교에 대한 환멸만이 있었을 뿐, 그 뭣도 하지 않던 자신이 이제는 그 싹을 자를 선봉에 서 있게 될 줄은 몰랐다.

참으로 재미있지 않은가.

자신도 모르게 입가에 미소를 머금은 부의민의 시선이 비설에게로 향했다.

그녀의 움직임을 보고 있던 부의민이 작게 중얼거렸다.

"진짜 적응 안 되네."

만자강 패거리를 쓸어버리는 비설의 모습을 보고 그녀의 말도 안 되는 실력을 알게는 되었지만, 그럼에도 불구하고

지금 단신으로 수십 명 사이에서 혼자서 싸우고 있는 광경
은 놀라움 그 자체였다.

하지만 감탄도 잠시.

'그럼 슬슬 나도 시작해 볼까.'

부의민이 그런 비설을 돕기 위해 달려들었다.

비설 하나만으로도 막기 급급하던 인원들은 부의민이 개
입하자 빠르게 무너져 내렸다.

그 모습에 부상당한 손을 움켜쥔 채로 버티고 서 있던 만
휘양이 뒤편에 있는 장로들에게 황급히 명령을 내렸다.

"뭣들 하고 있어? 저거 그냥 두고 볼 거야? 뒤쪽이 무너
지면 우리 진형 자체가……."

"지금 네가 저쪽에 신경 쓸 여력이 없을 텐데."

혁련휘가 다가오며 내뱉은 차가운 한마디에 만휘양은 입
술을 지그시 깨물었다.

쉬운 싸움이라 생각했다. 그저 몇 명 정도의 입을 막는
게 뭐 그리 대수냐 생각했거늘……

다가오는 혁련휘의 모습과, 무너져 버린 집마전의 내부
까지.

방금 전 보았던 그 무지막지했던 무공이 머리에 다시금
떠오르자 만휘양은 자신도 모르게 중얼거렸다.

"젠장."

집마전에서 혁련휘가 비설, 부의민과 함께 흑랑방의 인원들을 정리하고 있을 때였다.

집마전과 떨어져 있는 길목에 선 달치의 앞에도 쓰러진 상대들이 수북하니 겹겹이 쌓여 있었다. 이곳으로 오던 후속 인원들이 달치로 인해 완전히 끊기고야 말았다.

마지막으로 모습을 드러냈던 사내의 몸이 달치의 주먹에 막 허공으로 날아올랐다가 떨어졌다.

쿠웅.

아무렇지 않게 수십 명의 인원을 주먹 하나로 때려눕힌 달치는 자신의 배를 쓰다듬었다. 달치가 바닥에 털썩 주저앉은 채로 중얼거렸다.

"달치 배고프다. 밥 먹으러 가고 싶다. 그래도 달치 주인 말 듣는다. 주인이 아무도 못 오게 하라 했으니 배고파도 달치 이곳 막는다."

전서구를 비롯한 외부와의 연락을 막기 위해 환야는 다른 곳에 있었고, 달치는 이곳에서 도우러 오는 이들을 홀로 족족 때려눕혔다.

달치가 재차 중얼거렸다.

"배고파서 힘이 안 난다."

만약 지금 쓰러져 있는 이들 중에 누군가가 조금이나마 정신이 남아 있다면 억울하다는 듯 펄쩍 뛸 만한 발언이다.

힘이 안 난다는 자가 지금 이 같은 장면을 만들어 낸단 말인가?

바닥에 주저앉은 달치가 애꿎은 땅만 푹푹 쑤시고 있을 때였다.

커다란 그림자가 달치의 전방에 모습을 드러냈다.

그 그림자의 주인공이 먼저 달치를 발견하고는 입을 열었다.

"달치?"

자신의 이름을 부르는 그 목소리에 땅바닥을 쑤셔 대던 달치가 고개를 들었다. 배고프다는 듯이 울상을 짓고 있던 달치.

그런 그가 고개를 치켜들어 상대를 발견하는 그 순간……

울상이었던 달치의 얼굴이 딱딱하게 굳었다.

달치의 앞에 있는 자는 엄청난 거구의 사내였다. 머리카락은 변발을 하고, 믿을 수 없을 정도로 뚱뚱한 그는 얼마 전 환야와도 객잔에서 스치며 지나갔던 바로 그자였다.

환야는 그를 몰랐다.

허나 달치는 이 거구의 사내를 너무나 잘 알았다.

거구의 사내를 마주하는 순간 달치는 자리에서 벌떡 일어났다. 그러고는 겁을 잔뜩 집어먹은 얼굴로 달치가 뒷걸음질 치기 시작했다.

"어, 어어?"

"이야~ 오랜만이네, 우리 달치. 왜? 오랜만에 만나니까 예전 기억이 새록새록 나고 그래?"

"어어어. 나, 나 달치 아니다. 나, 나는……."

평소에도 어수룩하던 달치지만 최소한 이 정도는 아니었다.

차마 말조차 잇지 못하며 스스로가 달치가 아니라는 말까지 내뱉을 정도로 그는 공포에 젖어 있었다.

그런 달치를 향해 다가온 그가 함박웃음을 지었다.

"아니긴. 누가 봐도 달치인데."

말을 마치며 달치의 가까이까지 다가온 거구의 사내가 손목을 꺾으며 말을 이었다.

"그럼 오랜만에 만났으니까…… 예전에 하던 놀이 계속해 볼까?"

"으, 으아아아아!"

거구의 사내가 내뱉는 그 말에 달치가 양손으로 얼굴을 감싸 쥔 채로 비명을 질러 댔다.

그리고 그런 달치의 모습을 바라보는 그가 재미있다는
듯이 웃었다.

* * *

모두가 제각각 자신이 해야 하는 일을 하는 사이 환야 또
한 바쁘게 움직이고 있었다.

전서구(傳書鳩:연락용 비둘기)가 날아올 만한 방향을 예상
하고 자리를 잡은 다음, 흑풍과 함께 바깥으로 통하는 모든
연락을 끊어야만 했으니까.

허공을 올려다보던 환야의 눈에 전서구 세 마리가 날아
오르는 것이 보였다.

"뭐 이렇게들 보내는 게 많아."

저 중에 혁련휘와 관련된 연락이 있을지 없을지는 알 수
없으나, 사전에 전부 차단하는 것이 바로 환야의 임무였다.

환야가 그대로 소맷자락 안에 들어 있던 손을 꺼내어 움
직였다.

휘이익!

세 자루의 비도가 하늘 높이 나는 새들의 날개에 정확하
게 틀어박혔다.

결국 전서구들은 목적지를 향하지 못하고 그대로 땅으로

곤두박질쳤다.

세 마리의 전서구를 막아 내는 그 순간 하늘 위로 또 하나의 새가 높이 날아올랐다.

환야가 재빠르게 품에다가 손을 넣을 때였다.

휘이이익!

새카만 바람처럼 허공을 가르며 흑풍이 전서구를 움켜잡았다.

그러고는 아무런 일도 없었다는 듯이 유유히 하늘 높이 상공을 빙글빙글 돌기 시작했다.

그런 흑풍을 올려다보며 환야가 픽 웃었다.

"듬직하단 말이야."

조금이나마 놓칠 가능성이 있다 여길 때마다 흑풍은 몸을 움직여서 전서구들을 막아 냈다. 그뿐만이 아니라 멀리를 내다보며 뭔가 이상한 것들이 있으면 울음소리로 신호를 보내곤 했다.

덕분에 단 한 마리의 전서구조차 내보내지 않는 게 가능할 수 있었다.

환야는 높은 담장에 걸터앉은 채로 하늘을 올려다봤다.

전서구가 뜸해지자 여유가 생긴 덕분에 숨 고를 틈이 생긴 것이다.

담장에 앉은 채로 환야의 시선이 멀리 집마전 쪽으로 향했다.

아까 들려왔던 커다란 굉음.

그리고 그 이후로 시간이 계속해서 흐르고 있다.

숫자는 압도적으로 불리했지만…… 애초부터 환야의 머릿속에는 혁련휘가 질 거라는 계산은 들어가 있지 않았다.

'슬슬 마무리되고 있으려나?'

오히려 지금쯤이면 끝나지 않았을까 하고 집마전을 태연하게 바라볼 정도로 환야는 일말의 걱정조차 하지 않는 상태였다.

시간이 문제일 뿐이지 승패는 애초부터 결정이 났다 여겼으니까.

길게 하품을 하던 환야는 하늘을 나는 전서구를 발견하고는 다시금 비도 하나를 허공으로 쏘아 올렸다. 직각으로 솟구쳐 오른 비도와 함께 전서구는 바닥으로 떨어졌다.

무표정한 얼굴로 전서구를 확인하려던 환야가 갑자기 귀를 세웠다.

아주 멀리에서 들려오는 커다란 고함 소리 때문이었다. 무표정했던 환야가 표정을 살짝 찡그리며 입을 열었다.

"달치?"

분명 이 커다란 울부짖음에 가까운 소리는 달치의 것이 분명했다. 그랬기에 환야는 이상하다는 생각이 들었다.

달치가 갑자기 왜 이런 고함을 질러 댄단 말인가?

환야가 뒷머리를 긁으며 중얼거렸다.

"이놈이 밥을 굶더니 실성을 했나."

달치가 누군가에 의해 위험에 빠졌을 거라는 생각은 전혀 할 수 없었던 환야다.

그렇지만 뭔가 찝찝했는지 그가 허공을 날고 있는 흑풍에게 소리쳤다.

"야! 나 잠시 어디 다녀와야 할 것 같아서 그러는데 잠깐만 맡아 줘!"

대답을 들었는지 안 들었는지는 모르겠지만 허공을 유유히 날고 있는 흑풍을 힐끔 바라보고는 환야가 담장 아래로 뛰어내렸다.

자신보다 훨씬 청각이 뛰어난 흑풍이니 듣지 못했을 리가 없다.

그저 혁련휘가 아닌 다른 이에게는 반응을 하지 않으니 아무런 신호조차 주지 않는 것이라는 걸 알고 있었다.

'아니, 생각해 보니 요새 비설한테도 좀 반응하는 것 같기도 하고.'

물론 혁련휘에게 하는 것과는 완전히 반대되는 반응이긴 했지만 비설을 보면 흑풍이 슬금슬금 피하는 눈치였다.

얼마나 들러붙어 대는지 흑풍마저도 질려 버린 듯한 모

습이 역력했다.

'생각해 보면 참 대단해.'

여러 가지 의미에서 비설은 참 대단한 인물이었다.

그렇게 흑풍에게 이곳을 맡긴 환야는 곧바로 달치의 비명이 들려온 쪽으로 빠르게 움직였다. 처음엔 뭔가 했는데, 놀랍게도 그 고함 소리가 이상할 정도로 길게 이어졌다.

태연했던 환야의 표정이 점점 일그러졌다.

'뭐지?'

걱정이 된 환야는 보다 빠르게 경공을 펼쳤고, 덕분에 달치가 있는 장소에 순식간에 도착할 수 있었다.

다행히 달치는 무사했다.

그렇지만……

'저놈은?'

달치의 지척까지 다다라 있는 자.

너무나 뚱뚱해 당장이라도 입고 있는 옷이 터져도 이상할 게 없을 정도로 거구의 사내는 낯이 익은 자였다.

어찌 저자를 잊을까.

위험한 느낌이 물씬 풍겼던 그가 달치의 맞은편에 있었다. 그리고 그런 그와 마주하고 있는 달치는 평상시의 모습이 아니었다.

공포에 젖은 얼굴로 덜덜 떠는 달치.

저런 모습은 익숙하지 않았다.

외상 하나 없어 보였지만 달치의 상태는 큰 부상을 입은 것보다 더욱 좋지 않아 보였다.

그리고 그 순간 달치를 향해 다가가는 그자가 입을 열었다.

"어딜 부숴 줄까? 팔이나 다리는 별로 안 아프니까 관절 한두 개 정도 완전히 날려 주면 되려나. 평생 못 쓰게 말이야."

말을 마친 사내가 달치의 어깨를 손으로 움켜잡았다.

달치는 그런 상대의 행동에도 전혀 저항도 하지 못하고 목만 움츠린 채로 덜덜 떨고만 있었다.

'저 바보 자식!'

환야가 그런 달치를 보고 놀란 듯이 움직였다.

그가 이곳으로 다가올 때보다 더욱 빠른 속도로 바닥을 박차며 달치와 사내에게로 몸을 날렸다.

환야의 손바닥으로 빠르게 비수 한 자루가 뽑혀져 나왔다.

갑작스러운 환야의 움직임.

그러나 상대가 더욱 빨랐다.

누군가의 등장을 눈치챈 그자가 고개를 돌렸고, 그 순간 환야가 버럭 소리쳤다.

"달치한테서 손 떼 이 새끼야!"

번쩍!

말과 함께 휘둘러진 비수가 방금 전까지 사내의 손이 있던 장소를 벴다. 허나 이미 그곳엔 목표물이 없어진 상황이었다.

터억.

바닥에 착지한 환야가 곧바로 달치를 팔꿈치로 강하게 밀어냈다.

얼어붙어 있던 달치는 그대로 밀려 나가며 바닥에 엉덩방아를 찧으며 쓰러졌다. 평상시에 환야의 힘 정도에는 꿈쩍도 않는 달치다.

그런 그가 지금 같은 반응을 보이다니…….

'대체 저놈 왜 저러는 거지?'

무식할 정도로 단순하면서 겁이 없는 달치다.

그런 달치가 덜덜 떨고, 아무런 것도 못 한 채로 멍하니 있는 걸 보니 뭔가 일이 있는 게 분명했다.

달치를 정체불명의 사내와 빠르게 떨어지게 한 환야가 상대를 노려봤다.

그 또한 환야를 알아봤는지 손뼉을 쳤다.

"아아, 객잔에서 봤던 그 애송이군. 생각보다 제법이네."

말을 하며 거구의 사내가 자신의 손등을 보여 줬다.

환야의 비수에 긁혔는지 손등을 타고 피가 주르륵 흘러내리고 있었다.

자신에게 상처를 입혔다는 게 내심 불쾌하면서도 즐거웠는지 그자는 실실 웃었다.

"완전 애송이인 줄 알았는데, 그래도 제법 실력은 있나보군."

말을 마친 그는 자신의 손등에서 흐르는 피를 혀로 핥았다.

스스로의 피를 핥으며 입꼬리를 씰룩거리는 그 모습이 섬뜩하기 그지없었지만, 환야는 화가 난 목소리로 물었다.

"너 뭐야? 대체 무슨 짓을 했길래 달치 저놈이 저러고 있는 거야?"

"뭘 하긴. 그냥 오랜만에 만나 반갑다고 인사를 한 것뿐인데."

"오랜만?"

그 한 단어가 의미하는 사실을 알기에 환야의 표정이 싸늘하게 변했다.

달치는 자하도에서 태어났고, 혁련휘를 만나 그곳을 나오면서 언제나 환야와 함께였다. 그런 달치를 아는 자라면 자신이 모를 리가 없다.

단 하나, 자신이 달치를 알기 전 자하도에서의 인연을 제한다면.

환야가 떨리는 목소리로 물었다.

"……자하도?"

"정답."

대답을 하는 사내가 능글맞게 웃어 보였다.

그제야 환야는 새로운 가정을 하나 할 수 있었다. 지금 혁련휘가 찾고 있는 그들이라는 존재. 그리고 이자가 그들과 관련된 자라 짐작하고 있었다.

그런데 이자가 자하도에서 나온 자라면…….

'설마 그들이라는 자들의 정체가?'

생각이 거기까지 미치자 환야의 얼굴이 일그러졌다. 자신들을 제하고 자하도에서 나온 또 다른 이들이 있을 거라고는 생각지도 못했다.

환야가 손에 든 비수를 움켜쥔 채로 상대를 노려봤다. 그러면서 환야는 자신이 팔꿈치로 멀찌감치 밀어낸 달치를 향해 소리쳤다.

"달치! 정신 차려!"

"나, 나 달치 아니다. 나는……."

"멍청한 새끼야! 네가 달치지 왜 달치가 아니야. 이 멍청아!"

환야가 속이 상했는지 버럭 소리쳤다.

겁을 먹고 어쩔 줄 몰라 하는 달치의 모습, 보고 싶지 않았다.

도대체 이자와 무슨 인연이 있었기에 달치가 저토록 겁을 먹고 아무런 행동도 하지 못하는 것일까?

슬쩍 바라본 달치는 멍청이라는 말에도 전혀 반응하지 않고 그저 몸을 움츠리고 어린아이처럼 떨기만 했다.

'아무래도 저 녀석 도움은 못 받을 것 같고. 결국 나 혼자 이자를 상대해야 한다는 건데……'

쉽지 않은 상대다.

객잔에서 만났을 그때도 이자가 뿜어 대는 압박감에 꼼짝도 못 하지 않았던가.

그때야 그냥 그렇게 서로 스치듯 지나쳐 갔지만 지금은 그럴 상황이 아니다.

그리고 상황이 바뀌었기에 환야 또한 그리 가만히 있어 줄 생각도 없었다.

환야가 슬그머니 입을 열었다.

"그렇게 뚱뚱해서야 어디 움직일 수나 있겠어?"

"궁금하시면 어디 덤벼 보시든가. 네놈이 과연 내 그림자나 밟을 수 있을지 모르겠군."

"그림자야 언제든 밟을 수 있거든? 자, 지금도 이렇게 발만 뻗어도……."

말을 내뱉으며 환야가 슬쩍 발을 내미는 시늉을 했다.

자연스레 사내의 시선 또한 자신의 긴 그림자를 밟으려는 상대의 발로 향했고, 그건 바로 환야의 노림수였다.

시선이 다른 쪽으로 향하는 그 순간을 환야의 몸이 사라졌다.

찰나였지만 그것이면 충분했다. 환야의 능력은 은밀하면서도 순식간에 상대의 목숨을 빼앗는 것에 특화되어 있었으니까.

어둠 속으로 사라지며 환야는 곧바로 자신의 무공인 암흑류를 펼쳤다.

뒤늦게 상대가 자신이 사라진 걸 알아차린 듯했지만, 이미 때는 늦었다.

그 틈에 환야는 이미 상대방의 목숨을 끊을 수 있는 거리에 접근해 있었으니까.

두툼한 턱살 안쪽에 위치한 목젖이 환야의 눈에 훤히 들어왔다.

그 순간을 놓치지 않고 환야는 움켜쥔 비수를 움직였다. 상황이 이렇게까지 된 이상 결과는 이미 나왔다.

필살(必殺)이다.

'좋아, 죽었어!'

비수가 어둠 속에서 모습을 드러내는 것과 동시에 거구의 사내의 목덜미를 찔렀다. 그리고 그 비수가 막 목을 관통하려는 순간이었다.

파앗!

갑자기 뻗어져 나온 손이 비수를 움켜잡았다.

동시에 손을 타고 흘러들어 가는 비수의 날로 인해 사내의 손바닥에서 피가 터져 나왔다.

강하게 비수를 움켜쥔 거구의 사내와 마주하게 된 환야가 당황했다.

대체 어떻게 자신의 움직임을 읽은 것인가?

분명 어둠 속에서 순간적으로 움직이는 자신을 알아차리는 건 불가능에 가까웠을 거라 여겼다.

허나 이어지는 사내의 말에 환야는 더욱 커다란 충격을 받았다.

그가 비수를 강하게 움켜쥔 채로 입을 열었다.

"오호, 암흑류잖아? 설마 했는데 너도 자하도에서 나온 놈이었어?"

암흑류라는 말에 환야가 움찔했다.

이 무공을 어찌 안단 말인가.

상대를 암살하기 위해 만들어진 무공인 암흑류.

어둠 속에서 은밀하게 움직이는 환야에게 너무나 잘 어

울리고, 또한 기회가 생기면 무조건 상대를 죽일 수 있다 자부할 정도로 치명적인 무공이다.

환야가 놀란 목소리로 물었다.

"네가 어떻게 암흑류를……."

"알고 있거든. 너 말고 암흑류를 사용하는 다른 한 명을."

"……개소리!"

대답을 듣는 환야가 버럭 소리를 질렀다.

그럴 리가 없다.

암흑류를 아는 건 세상에 단둘뿐이었고, 자신을 제외한 다른 한 명은 분명 죽었으니까.

허나 지금 문제는 그 말에 대한 진위 여부가 아니었다.

환야가 모습을 드러냈고, 둘의 거리는 지척.

그리고 이 거리는 사내의 능력이 가장 빛날 수 있는 간격이었다.

거구의 사내가 섭선을 쥔 손을 움켜쥐며 입을 열었다.

"자, 그러면 이번엔 내 차롄가?"

그 한마디에 환야가 재빠르게 비수를 손에서 놓으며 뒤로 껑충 뛰어올랐다.

'망할. 위험해!'

생각이 머리를 스쳐 지나가는 순간 그자가 섭선을 내뻗

었다.

섭선의 끝 부분에 정확하게 명치를 가격당한 환야의 몸이 허공을 가르며 틀어박혔다.

콰앙!

나무와 종이로 만든 단순한 섭선이 아니다.

거대한 쇠몽둥이보다 더욱 강한 강도를 지닌 섭선에 사내의 내력과 힘이 담긴 일격을 맞았다. 날아간 거리나 틀어박히는 모습까지 치명적인 일격을 당한 게 분명해 보였다.

환야를 일격에 날려 보낸 그가 섭선을 펼쳤다.

촤르륵.

섭선을 펼친 그는 부채질을 하면서 환야가 날아간 쪽을 바라보며 입을 열었다.

"멍청한 자식. 암흑류를 익힌 놈이 날 이길 생각이었다면 달치를 버렸어야지. 이놈을 죽게 하면서까지 숨어 있다가 날 죽이려고 했었다면 조금이라도 확률이 있었을 것 아냐. 같은 편이고 뭐고 전부 죽는다 해도 끝까지 숨어 있다가 최후의 일격을 가한다. 그게…… 암흑류지."

누가 더 강하고의 문제가 아니다.

사내와 환야는 무공 자체의 궤가 다르다.

비슷한 실력을 가졌다 한들 전면전을 펼치게 되면 이쪽이 압승을 하는 건 당연한 노릇.

암습에 특화된 환야였기에 이런 식의 싸움은 불리할 수밖에 없었다.

물론 이 모든 게 달치를 구하기 위해 움직여야만 하는 상황이 있었기에 벌어진 일이다.

끝났다고 생각했는지 사내는 여전히 얼어붙은 채로 덜덜 떨고 있는 달치에게로 걸음을 옮겼다.

그가 유쾌한 목소리로 말했다.

"자, 그럼 이번엔 달치 네가 나랑 놀아 줘야겠군."

그때였다.

"……망할 돼지 놈아. 그 자식 건드리지 마. 아직 나 멀쩡하니까."

돼지라는 말에 상대가 움찔하며 소리가 들려온 쪽으로 고개를 돌렸다. 그리고 그곳에서는 쓰러져 있던 환야가 자리에서 일어나고 있었다.

찢어진 이마에서 흘러내린 피가 눈가를 타고 턱까지 적셨다.

커다란 부상을 입었는지 전신이 피투성이다.

그렇지만 환야의 눈동자는 오히려 거세게 타오르며 상대를 노려보고 있었다.

그런 환야의 모습에 사내가 다시금 섭선을 접었다.

피투성이가 되면서까지 일어난 환야를 보고 있자니 기분

이 묘했다.

자신의 일격을 견뎌 낸 것에 대한 불쾌함이 스멀스멀 밀려든다.

그리고 덩달아 아까 전에 베인 손등과, 비수를 잡느라 다친 손바닥도 아려 온다.

그가 비웃듯이 말했다.

"멀쩡해 보이지는 않는데 말이야. 멀쩡할 때도 제대로 손 하나 못 댔는데 지금에 와서 그게 되겠어?"

"대체 얼마나 뚱뚱하면 모르는 거냐?"

"뭐?"

"네 두툼한 뱃살 아래 좀 봐라."

환야의 말에 사내가 고개를 숙여 아래를 쳐다봤다. 워낙 배가 나온 탓에 보는 게 쉽진 않았기에 보이지 않는 아래쪽에 손을 가져다 댔다.

그리고 그제야 사내는 알 수 있었다.

손바닥을 타고 느껴지는 끈적끈적한 느낌.

피다.

'그때 나한테 일격을 날렸다 이건가?'

섭선으로 일격을 당하는 와중에서도 휘둘렀던 손으로 상처를 입힌 게 분명했다.

물론 정말 아슬아슬하게 스쳐서 느낌조차 나진 않긴 했

지만 분명한 건 자신에게 또 다른 상처를 냈다는 거다.

　무려 세 번이나.

　세 번이나 자신의 몸에서 피를 내게 한 상대.

　끈적끈적한 피를 바라보던 사내가 천천히 입을 열었다.

　"……이거 생각보다 재밌는 놈이네?"

　죽여야 할 이유가 하나 더 생겼다.

3장. 대격변

— 죽였어?

환야를 바라보는 사내의 시선은 변해 있었다.

세 번이나 부상을 입었다는 사실이 못내 짜증이 나면서도, 또 흥미가 돈다. 이런 상대를 만나 볼 기회는 그리 흔치 않았으니까.

사내가 조롱하듯 말했다.

"어떻게 죽여 줄까? 팔짝팔짝 뛰어 대는 그 다리를 분질러 줄까 아니면 나한테 세 번이나 상처를 입힌 그 손목부터 잘라 줄까."

"난 그냥 네 돼지 같은 멱이나 따 버리려고."

"그게 될까?"

"안 될 건 또 뭔데. 네 말대로 이미 세 번이나 상처를 입혔잖아? 다음엔 네놈 목이 날아가도 이상할 건 없지."

말을 내뱉으며 환야가 소매로 스윽 눈가를 닦아 냈다.

조롱하는 듯한 말투로 상대방의 심기를 긁으려 했다.

무인에게 평정심은 무척이나 중요한 부분이다. 그리고 그 평정심을 잃는 순간 암습에 특화되어 있는 환야는 보다 더 많은 기회를 가질 수 있었다.

분명 모욕적인 언사에 기분이 상한 것처럼 보였지만 그럼에도 불구하고 평정심은 흔들리지 않는 듯 보였다.

'역시 이런 말 정도로 흔들릴 상대는 아니라 이건가.'

눈으로 들어가는 피를 닦아 내는 환야를 가만히 바라보는 사내는 그의 예상대로 무척이나 화가 치솟은 상태였다.

계속해서 쏟아져 나오는 환야의 화려한 언변에 이상하게 밀리는 기분이었다.

그가 이내 고개를 끄덕였다.

"정했다. 난 네놈 혀부터 뽑지."

말을 마친 사내는 곧바로 비대한 몸을 이리저리 흔들며 손을 앞으로 쭉 뻗으며 기수식을 취했다. 뚱뚱한 몸집으로 한껏 멋을 내듯 움직이는 모습이 분명 우스꽝스러워 보이기도 했지만……

'젠장. 빈틈이 없군.'

평범한 수준의 무인이었다면 그런 사내를 얕보고 달려들었을 것이다.

그렇지만 환야는 달랐다.

엄청난 경지에 오른 환야인 만큼 상대방의 비대한 몸집에 현혹되지 않고 정확하게 본질을 파고들었다.

움직이는 게 신기할 정도의 커다란 몸집.

허나 그에 어울리지 않는 말도 안 될 정도의 민첩함.

이자는 그저 힘만 무식하게 강한 자가 아니었다. 무인이 지녀야 할 모든 걸 가진 상대, 그랬기에 쉽사리 움직일 수가 없었다.

'먼저 움직이게 해선 안 돼.'

당연한 이야기지만 환야는 알고 있었다.

이렇게 서로 마주 선 상태에서 시작되는 싸움은 자신 쪽이 너무나 불리하다는 걸.

환야의 몸이 눈앞에서 흐릿하게 변해 가고 있었다.

그 모습을 본 사내가 피식 웃었다.

"또 암흑류로 승부를 보겠다?"

이해가 안 가는 건 아니다.

살수의 무공을 익힌 자이니, 위급한 순간에도 기본을 버리지 않는다는 건 분명 정답일 수도 있다.

허나.

완전히 사라진 환야.

그리고 홀로 서 있는 뚱뚱한 사내가 천천히 입을 열었다.

"분명 암흑류는 최강의 무공 중 하나지. 다만…… 보이지 않는 곳에서 움직일 때나 하는 말이지. 안 그래 꼬마야?"

말을 내뱉던 사내의 시선이 바로 자신의 왼쪽 아래를 쳐다봤다. 그리고 그 순간 그곳에서 환야가 모습을 드러냈다.

자신의 위치가 파악당했다는 걸 눈치챘지만 그래도 움직여야 했다.

빠지기에는 거리가 가까웠고, 어설프게 뒤로 물러섰다가는 치명상을 입을 수도 있는 상황이었으니까.

모습을 드러낸 환야가 비수를 움직였다.

파앗!

빠르게 날아드는 비수가 그대로 눈을 찌르고 들어왔다.

그리고 막 공격이 닿으려는 찰나 사내가 고개를 비틀었다.

촤악!

볼을 스치고 지나가며 피가 허공으로 튀었다. 그렇지만 그 작은 상처로 만족하기엔 환야가 줘야 할 게 너무 많았다.

퍼엉!

위에서 떨어져 내리는 섭선을 환야가 황급히 팔목으로 막아 냈다. 그 순간 환야는 팔이 으깨지는 충격에 휩싸였다.

"크윽."

그 와중에서도 환야는 손을 내뻗어 바로 앞에 있는 그자의 비어 있는 복부로 공격을 박아 넣었다.

'제발 좀 죽어라!'

손가락을 세운 채로 환야는 두툼한 그자의 배를 강하게 찔렀다. 그렇지만 그 순간 놀랍게도 밀려난 건 환야였다.

엄청난 반탄강기가 밀려 나오는 바람에 환야는 오히려 시큰거리는 손목을 잡은 채로 물러나야만 했다.

그리고 그 순간 날아드는 섭선!

고개를 뒤로 젖히며 공격을 피해 냈던 환야가 재빠르게 허공으로 뛰어올랐다.

그런 그를 향해 사내 또한 놓치지 않겠다는 듯 뒤쫓았다.

"어딜!"

비대한 몸이 마치 새처럼 날아올랐다.

그러고는 먼저 움직인 환야의 발목을 움켜잡았다.

'젠장! 위험해!'

발목을 움켜잡은 그자가 곧바로 환야를 바닥으로 내리꽂았다.

쿠웅!

먼지가 일면서 환야의 몸이 땅으로 틀어박혔다. 등에서
부터 시작된 고통이 전신으로 퍼져 나가며 입 안에서 피가
터져 나왔다.

"쿨럭."

피를 토하는 환야였지만 그는 잠시의 숨을 돌릴 여유조
차 없었다. 얼굴 위로 드리워진 커다란 그림자 때문이었다.

무서울 정도의 속도로 뚱뚱한 몸이 떨어져 내리고 있었
다.

'저거에 맞으면 진짜 사망이다.'

환야는 그대로 바닥을 데굴데굴 구르며 공격을 피해 냈
다.

그리고 그것과 동시에 바닥에 착지한 사내의 주변 땅이
갈라졌다.

쩌적!

부서진 바닥에서 몸을 일으켜 세우며 그가 조롱하듯 입
을 열었다.

"운 좋네? 이번에도 살아서 나간 걸 보면."

상대방의 놀림에도 환야는 대꾸조차 하지 않았다.

지금은 대꾸할 힘조차 조금이라도 더 모아야 할 판이었
으니까.

그렇지만 사내는 이런 싸움에 이골이 난 인물이었다. 그랬기에 지금 환야가 다시금 숨을 고르며 기회를 엿보고 있다는 것도 알았다.

그리고 그런 기회를 내줄 정도로 그는 녹록지 않았다.

사내의 몸 주변으로 빛 무리가 몰려들더니 이내 그 빛이 손아귀 안에서 맹렬하게 회전하기 시작했다.

그가 입을 열었다.

"어디 이번에도 살아 나가나 볼까?"

말과 함께 움직이는 상대를 응시하던 환야는 직감했다.

'피해야 한다.'

저 힘에 제대로 적중당하면 죽을 거라는 사실을 직감했다.

그랬기에 환야는 곧바로 암흑류를 펼치며 자신의 몸을 어둠 속으로 감췄다.

환야는 사라졌지만, 사내는 힘을 거두지 않았다.

그가 비웃듯이 말했다.

"말했잖아. 난 암흑류를 쓰는 사람을 한 명 알고 있다고. 그리고 아쉽게도…… 그 녀석은 너보다 강하거든."

그랬기에 읽을 수 있었다.

암흑류의 움직임을. 지금 환야가 어디에 몸을 감추고 있는지도.

"땅속이라면 피할 수 있다 생각했더냐?"

그 한마디와 함께 사내의 손에 들린 빛이 아래쪽으로 쏘아졌다.

회오리치듯 휘감기며 날아드는 그의 장력에 땅이 미친 듯한 속도로 뒤집히며 파헤쳐졌다. 그리고 이내 그 안에 몸을 감추고 있던 뭔가가 튕겨져 나왔다.

흙과 함께 허공으로 환야의 피가 터져 나갔다.

진득한 피 냄새가 코를 적셨고, 그 와중에서도 사내는 마지막 일격을 가했다.

남아 있는 장력이 허공에서 엉망이 된 채로 떨어져 내리는 환야를 덮쳤다.

빛이 그를 감싸는 그 순간 눈을 감은 채로 축 늘어져 있던 환야가 움찔했다.

허공에서 환야가 갑자기 몸을 빙그르 돌렸다.

동시에 환야의 손에서 뻗어져 나간 하나의 빛이 빠르게 상대의 어깨를 찌르고 들어왔다.

퍼억!

"큭, 이런 망할!"

어깨에 틀어박힌 비수를 뽑아 들며 사내가 거칠게 욕설을 내뱉었다.

금강불괴에 가까운 신체를 지녔기에 망정이지 그게 아니

었다면 최악의 경우 팔 한쪽이 날아가도 이상할 게 없는 상황이었다.

다행히 그런 상황까지는 가지 않았지만 그자는 피투성이가 된 자신의 어깨를 내려다봤다.

'공격을 피하는 와중에서도 나한테 이런 일격을 날리다니.'

물론 완벽하게 위치를 읽히며 공격을 당한 환야는 더욱 큰 부상을 당한 채로 바닥에 널브러져 있었다.

그렇지만 환야는 치명적인 마지막 일격을 피하면서 목숨을 건졌고, 땅 안에 숨어 있을 때도 충격을 최소화시키면서 일격까지 날렸다.

처음 봤을 때부터 지금까지 계속해서 놀라움의 연속이다.

암습에 특화된 능력을 지닌 환야다.

그런 자가 자신의 장점을 버리고 싸웠거늘, 이렇게까지 자신을 곤란하게 할 거라고는 생각도 하지 못했던 그다.

그랬기에 사내가 진심으로 감탄한 목소리로 입을 열었다.

"인정하지. 너, 죽이기 아까울 정도야."

그가 뭐라고 떠들든 간에 환야는 바닥에 쓰러진 채로 거칠게 숨을 내쉬었다.

입으로 계속해서 피가 쉼 없이 뿜어져 나왔고, 온몸에는 힘 하나 들어가지 않았다.

눈앞이 흐릿한 것이 당장에 정신을 잃어도 이상할 게 없을 정도다.

외상과 내상으로 엉망이 된 환야가 힘겹게 숨을 몰아쉬고 있을 때였다.

환야를 향해 사내가 말을 이었다.

"넌 날 못 이겨. 왜인지 알아?"

"……."

"간단해. 달치를 버리지 못했으니까."

말을 내뱉는 비대한 사내가 슬쩍 시선을 돌렸다.

아직까지도 뭔가에 홀린 것처럼 뭣도 하지 못하는 달치는 뭐가 그리도 무서운지 바닥에 넙죽 엎드린 채로 덜덜 떨고 있었다.

사실 사내는 우스웠다.

고작 저런 겁쟁이를 살리겠다고 스스로의 목숨을 걸고 뛰어드는 꼴이라니.

그랬기에 그가 확신을 가진 채로 입을 열었다.

"달치를 버리지 못하고 처음에 모습을 드러냈던 것. 그 순간 이미 넌 날 이길 수 있는 마지막 기회를 놓친 거다, 애송이."

길게 이어지는 사내의 말을 환야는 묵묵히 듣고만 있었
다.

맞다.

저자의 말대로 자신보다 무공이 강한 상대를 앞에 두고
모습을 드러내서는 안 됐다.

달치가 죽더라도 조금 더 기회를 엿봤어야 하는 게 맞다
는 것도 안다.

그렇지만……

환야가 피로 엉망이 된 이빨을 드러내며 히죽 웃었다. 그
런 환야의 모습에 사내가 슬쩍 표정을 구겼을 때다.

환야가 그 상태로 입을 열었다.

"새끼야, 난 달치 안 버려."

"이 꼴이 되고도 그런 말이 나와?"

사내는 기가 찼다.

그런 사내의 물음에 환야가 다시금 쏟아져 나오려는 피
를 억지로 삼킨 채로 힘겹게 말을 받았다.

"왜냐하면 저놈이나 나나…… 사실 친구가 없거든. 저놈
죽으면 진짜로 이제 내 친구는 아무도 없는데 그러면 외로
워서 어떻게 사냐? 난 죽는 것보다 혼자인 게 더 싫거든."

환야의 말은 고개를 숙인 채로 덜덜 떨고만 있던 달치를
움찔하게 만들었다.

달치가 천천히 고개를 들어 엉망이 된 환야에게로 시선을 돌렸다. 그리고 바닥에 누운 채로 달치가 있는 쪽을 바라보던 환야였기에 그런 그의 시선을 마주할 수 있었다.

마치 겁먹은 어린아이와도 같은 표정.

그 눈동자를 보고 있자니 이런 상황에서도 이상하게도 웃음이 흘러나온다.

'그래, 이렇게 쓰러질 수는 없지.'

환야가 힘겹게 몸을 일으켜 세웠다.

그리고 그 모습을 보고 있던 뚱뚱한 사내는 당황했다. 그렇게 당하고도 다시 일어나는 환야의 모습이 징그럽기까지 하다.

'이렇게 당하고도 움직일 수 있을 리가 없는데.'

사내의 생각대로였다.

환야는 다리가 부들부들 떨리는 데다, 마치 온몸의 뼈가 조각조각이 난 것처럼 움직이는 것조차 쉽지 않았다.

움직이기는커녕 숨 쉬는 것조차 힘든 상황.

허나 일어나야만 했다.

이곳에서 쓰러진다면…… 달치가 죽는다.

환야가 입에 고인 피를 줄줄 흘리면서 힘겹게 입을 열었다.

"달치! 멍청아! 내 목소리 똑똑히 들어!"

환야의 시선이 달치에게로 향했다.

그는 고개를 든 채로 환야를 보며 어쩔 줄 몰라 하고 있었다.

그럼에도 불구하고 달치는 움직이지도 못한 채로 그저 방관만 하는 중이었다.

사실 달치만 제정신을 차렸다면 이리되지도 않았을 싸움이라는 걸 환야는 너무나 잘 알았다.

허나 환야는 그런 달치를 원망하지 않았다.

달치를 바라보며 환야가 씩 웃었다.

"도망쳐. 여기 있다가 죽지 말고, 대장한테로 도망치라고. 거기 가면 대장이 널 지켜 줄 거고, 맛있는 것도 많이 사 줄 거다."

"……환야."

달치가 처음으로 입을 열어 그의 이름을 중얼거렸다.

그런 그에게 환야가 버럭 소리쳤다.

"내 걱정 말고 가! 너 잊었나 본데, 난 말이야. 대장한테 말고는 그 누구한테도 안 지거든. 너한테도 마찬가지고. 그러니까 빨리 가라고."

말을 마친 환야가 힘겹게 허리를 꼿꼿이 편 채로 최대한 여유 있게 웃어 보였다.

어떻게든 달치를 보내려고 하는 거다.

이곳에서 그가 죽게 할 생각은 없었다. 그랬기에 자신이 멀쩡하다는 걸 어떻게든 달치에게 보여 주려 하는 것이다.

허나 그런 상황을 그냥 두고 볼 사내가 아니었다.

"멍청하긴. 내가 한 놈이라도 살려서 보내 줄 것 같아?"

말을 마친 사내가 성큼 환야에게 다가왔다.

거리가 좁혀지는 걸 확인한 환야가 다급히 소리쳤다.

"달치! 가라니까!"

허나 그런 환야의 외침에도 다리에 힘이 풀린 달치는 쉬이 움직이지 못했다.

하지만 여태까지 정신을 반쯤 잃고 있었던 것과는 달리 환야를 바라보는 달치의 얼굴에는 조급함이 가득했다.

위험하다는 사실을 직감한 것이다.

달치가 더듬거렸다.

"위, 위험⋯⋯."

그렇지만 이미 상대는 환야와 가까운 거리에까지 도착했고 곧바로 손을 들어 올렸다.

환야는 그런 상대의 모습에 질끈 눈을 감았다.

달치가 도망칠 수 있게 어떻게든 버티고 서 있었을 뿐이지, 커다란 내상을 입은 탓에 제대로 내공을 운용할 수도 없는 지경이었다.

허나 환야는 모든 걸 포기하지 않았다.

'죽더라도 같이 간다.'

머리에 마지막 일격을 내려칠 테고, 무너지는 그 틈에 품에 남겨 둔 비수 중 하나를 놈의 심장에 박는다.

성공할 가능성은 일 할의 반의반도 안 될 정도로 희박했지만 최소한 조그마한 상처라도 하나 더 남길 수만 있다면…… 그럴 수만 있다면 달치가 살아서 도망칠 확률도 조금이나마 늘 수 있지 않을까 하는 일말의 가능성에 걸어 보는 것이다.

솥뚜껑만 한 손이 떨어지는 걸 게슴츠레한 눈으로 몰래 훔쳐보던 환야가 이를 악물었다.

정신을 잃으면 안 된다.

일격을 당해 숨이 끊어지는 그 순간, 비수를 박아 넣는다.

고통 때문에 가슴을 움켜쥐고 있는 듯이 보이던 환야의 손이 막 비수에 닿는 그때였다.

파앙!

갑자기 날아드는 뭔가를 느낀 사내가 황급히 몸을 비틀며 주먹을 휘둘렀다.

동시에 사내가 표정을 구겼다.

"크윽."

뭔지 확인도 하기 전에 주먹을 휘둘렀다.

무기일 거라고는 예상은 했지만 사실 크게 문제 될 건 없었다.

제아무리 날카로운 신병이기라 해도 자신을 다치게 할 수 있다 여기지 않았으니까.

그런데 공격을 받아 낸 손바닥이 터져 버렸다.

검에 찢겨졌고, 손 전체가 아리었다.

한마디로 지금 이 검을 날린 자의 실력이 자신을 상처 입힐 수준을 넘어선다는 거다.

사내는 화가 치밀었다.

오늘 대체 몇 번이나 다치는 건지 슬슬 헤아리기 힘들 정도가 되고 있었으니까.

짜증 가득한 얼굴을 한 채 자신이 쳐 냈던 검으로 시선을 돌렸던 사내의 눈동자가 변했다.

손바닥으로 쳐 낸 검은 너무나 멀쩡하게 땅에 박혀 있었다.

보통의 무기였다면 부러져도 이상할 게 없을 정도의 내력이 담긴 일격이었는데도 그 검엔 아주 조그마한 흠집조차 나지 않았다.

그리고 그 검은 사내 또한 잘 알고 있는 물건이었다.

놀란 사내가 중얼거렸다.

"……자미쌍검?"

자미쌍검을 확인한 사내의 시선이 자연스레 발걸음 소리가 들려오는 쪽으로 향했다.

그곳에서는 차가운 눈동자를 하고 다가오는 한 사람, 자미쌍검의 주인인 비설이 자리하고 있었다.

비설의 존재를 확인한 그의 표정이 찡그려졌다.

'언제 이렇게 가까이……'

자미쌍검을 내던진 비설이 어느덧 사내의 지척까지 다가와 있었다. 그리고 사내는 비설이 혁련휘 일행이라는 것 또한 알았다.

손목을 타고 느껴졌던 묵직한 감각.

제아무리 모든 신경을 환야에게 쏟고 있었다고는 하지만 이토록 근처까지 접근할 정도의 은밀함.

보통 상대가 아니다.

비설을 향해 몸을 돌린 사내가 두꺼운 자신의 손목을 어루만지며 날카롭게 그녀를 노려봤다.

그런 사내의 시선을 받으면서도 비설은 환야를 향해 말을 걸었다.

"아저씨, 괜찮아요?"

"……죽기 직전이야."

"엄살 부리는 걸 보니 아직은 살 만한가 보네요."

비설의 말에 환야는 실실 웃어 보였다.

사실 버틸 만한 힘도 없었다. 그럼에도 불구하고 환야는 후들거리는 다리를 억지로 양손으로 내리누르며 버티고 서 있었다.

환야가 슬쩍 입을 열었다.

"이게 살 만해 보이냐?"

웃으며 말하고는 있지만 환야의 상태가 그리 좋지 않다는 걸 비설 또한 직감하고 있었다.

외상뿐만이 아니라 눈에 보이지 않는 심한 내상마저 입은 상태다.

비설이 말을 받았다.

"얼마나 버틸 수 있으시겠어요?"

"오래는 힘들 것 같아."

말을 하는 환야의 입술 옆에서 피가 주르륵 흘러내렸다. 그런 환야를 바라보는 비설의 얼굴이 딱딱하게 굳었다.

그녀가 하나 남은 자미쌍검을 강하게 쥔 채로 거구의 사내를 노려봤다.

비설이 천천히 입을 열었다.

"오래 안 걸릴 거예요. 그러니 조금만 버텨요."

환야는 더는 말을 잇기도 힘들었는지 고개를 끄덕이는 걸로 대답을 대신했다.

한 걸음 한 걸음씩 다가가는 비설의 모든 감각이 거구의 사내에게 향해 있었다. 환야에게의 거리는 비설보다 그가 더 가깝다.

그럼에도 불구하고 사내는 환야를 향해 공격을 펼치지 못했다. 분명 살려 둔다면 거추장스러울 터인데도 말이다.

보통 사람이라면 이해를 못 할지도 모른다.

그렇지만 환야는 알고 있었다.

지금 자신을 공격한다면 그 즉시 이 거구의 사내 본인 또한 비설의 표적이 될 거라는 걸. 그리고 그 사실을 알기에 그자 또한 선뜻 환야에게 손을 쓰지 못하고 있는 것이다.

환야는 흐릿해져 가는 정신을 억지로 붙잡으며 실실 웃었다.

'비설…… 대단하네.'

이 거구의 사내가 쉽사리 움직이지 못하게 할 정도의 존재감을 지금 뿜어내고 있는 것이다.

등을 보이면 죽는다.

그런 느낌을 줄 정도의 실력자였기에 사내의 손을 멈춰 두게 하는 게 가능했다.

환야의 예상대로 사내는 비설의 존재 때문에 섣불리 그의 마지막 숨통을 끊어 내지 못했다. 그리고 결국 마음을 정한 그자는 도리어 환야에게서 껑충 뛰어 거리를 벌렸다.

환야를 앞에 두고 있으니 오히려 위치상으로 자신이 불

리한 모양새가 되었던 탓이다.

덕분에 사내의 위협에서 벗어나게 된 환야가 작게 한숨을 내쉬었다.

살았다. 물론 완전히 목숨을 부지하기 위해선 비설이 저자에게 이겨야겠지만 말이다.

다가온 비설이 바닥에 꽂혀 있던 자미쌍검의 한쪽을 뽑아 들었다.

스르륵.

두 자루의 검을 든 채로 비설이 환야의 앞을 막았다. 그녀가 앞에 있는 상대를 응시한 채로 환야에게 말했다.

"아저씨. 이제 여긴 제가 맡을 테니 잠시 쉬세요."

"그럴까?"

"정신은 절대 놓지 마시고요."

비설의 말은 농담이 아니었다.

지금 같은 상황에 정신을 잃었다가 다시 눈을 뜨지 못하는 경우가 허다했으니까.

그런 비설의 걱정을 눈치채서인지 환야가 걱정 말라는 듯이 말했다.

"그 정도 얼간이는 아니거든?"

말을 마친 환야는 그대로 옆걸음질 치며 몇 걸음 뒤로 물러나 털썩 주저앉았다.

환야는 그대로 나무에 기댄 채로 길게 숨을 내쉬며 입을 열었다.

"부탁하지."

말과 함께 환야가 지쳤다는 듯이 고개를 수그렸다.

그 모습에 잠시 걱정이 일었지만 지금 자신이 할 수 있는 건 명확했다.

맞은편에 있는 저자, 저자를 쓰러트리고 환야를 당장에 의원에게 안내해야만 했다.

전의를 불태우는 비설을 향해 그가 말했다.

"너도…… 자하도에서 왔냐?"

"아뇨. 전 평생 산에서만 살았는데요."

"그런데 왜 자미쌍검이 네 손에 있는 거지?"

"그쪽도 아는 걸 보니 이 검이 정말 대단하긴 대단한 물건인가 봐요?"

"당연하지! 그 무기는…….."

"아시다시피 제가 좀 바빠서요. 그런 이야기로 시간을 쓸 여유가 없을 것 같네요. 그러니까 물을게요. 그냥 갈래요 아니면 끝을 볼래요?"

비설은 말을 잘랐다.

환야가 저렇게 된 지금 한가롭게 이자와 이야기를 나눌 상황은 아니었으니까.

비설의 말에 사내가 표정을 찡그렸다.

그녀가 날린 자미쌍검을 막아 내느라 터져 버린 손에서는 아직까지도 피가 뚝뚝 떨어져 내리고 있었다.

"건방지게."

목을 우두둑거리며 다가오던 거대한 사내의 몸이 갑자기 흐릿해졌다. 동시에 그의 몸이 하늘 위에서 모습을 드러냈다.

쿠웅!

떨어져 내리며 휘두르는 그의 섭선을 따라 날카로운 강기가 벼락같이 쏟아져 내렸다. 강기를 흡사 검기를 뿜어내듯이 휘두르는 말도 안 되는 경지에 올라 있는 상대.

비설의 몸 또한 움직였다.

타악!

땅을 박찬 그녀의 몸이 어느덧 그림자가 되어 사방을 날뛰었다.

파앙!

자미쌍검이 곡선을 그리며 강기의 사이를 파고들어 사내를 찌르고 들었다. 허공에서 비설의 검을 섭선의 모서리로 막아 낸 그자가 벼락같이 발로 그녀를 걷어찼다.

쿠웅!

커다란 힘에 비설의 몸이 땅에 충돌하듯 떨어졌다.

그렇지만 그건 착각이었다.

오히려 고양이처럼 날렵하게 바닥에 착지한 그녀는 반동을 이용하듯 보다 빠르게 날아올랐다.

손에 들린 두 자루의 검에서 각기 다른 형태의 움직임이 쏟아져 나왔다. 그리고 그런 비설의 움직임을 직접 마주하고 있던 사내가 놀란 듯 섭선을 쫙 펼친 채로 이리저리 흔들었다.

섭선을 따라 쏟아져 나오는 바람이 커다란 기운이 되어 비설의 앞을 막아섰다.

그렇지만 그녀의 검은 바람을 갈랐다.

좌르르륵!

바람을 가르며 모습을 드러낸 빛살.

그리고 동시에 검 끝에 맺힌 기운이 쏟아져 나왔다.

'이런!'

몸집에 어울리지 않게 사내는 허공에서 몸을 비틀면서 그대로 섭선을 내려쳤다. 두 개의 기운이 허공에서 충돌했다.

쿠카카캉!

허공에서 폭발이 일며 둘의 몸이 반대로 튕겨져 나갔다.

비설은 바닥에 틀어박혔고, 거구의 사내는 허공을 훨훨 날듯이 멀리 밀려 나갔다.

간신히 바닥에 착지하긴 했지만 사내의 소맷자락은 넝마가 되어 있었다.

그리고 드러난 팔뚝에도 수십 개의 상처들이 생긴 상태였다. 그 탓에 덜렁덜렁거리는 소매는 피로 얼룩져 있었다.

그때 바닥에 처박혔던 비설 또한 모습을 드러냈다.

"퉤."

비설은 입을 오물거리다 피를 뱉어 냈다.

입 안에 부상을 입었는지 연신 피가 목구멍으로 넘어간다.

그리고 어깻죽지 부근의 옷 또한 찢겨져 나갔고 그곳에서는 깊은 상처가 생겨나 있었다.

사내는 비설의 모습을 보며 이를 갈았다.

'저놈은 대체 어디서 나타난 놈이야?'

이미 이곳 중원에 대한 조사는 오랜 시간을 걸쳐 끝낸 상태였다.

자하도에서 나온 자신에게 대적할 만한 상대는 천하에서 손꼽히는 고수들 몇 명 정도에 불과하다. 허나 확실한 건 그 안에 저런 어린놈은 없다는 거다.

그런데 대체 저자가 누구기에……

하지만 사내는 생각을 이을 여유가 없었다. 피를 뱉어 낸 비설이 득달같이 달려들었다.

카앙!

날아드는 한 자루의 검을 섭선으로 받아 내는 순간 아래쪽으로 또 하나의 자미쌍검이 이를 드러냈다.

단지 두 자루의 검을 쓴다고 모두가 강한 건 아니다. 그만큼 신경이 분산되고 날카로움이 줄어드는 경우가 다반사였으니까.

허나 이자는 아니다.

두 자루의 검을 흡사 하나처럼 완벽하게 다루고 있다. 그랬기에 그 공격이 더욱 매서울 수밖에 없었다.

'치잇!'

몸을 뒤로 빼긴 했지만 두꺼운 뱃살이 검에 긁히듯 베어졌다.

동시에 피가 터져 나오자 사내는 거칠게 비설을 밀어붙였다.

거구의 사내가 힘을 주자 자연스레 호리호리한 비설의 몸이 뒤로 밀려 나갔다.

콰드득.

발목까지 땅으로 파고들며 뒤로 밀려 나갔지만 비설의 팔만은 꺾이지 않았다.

억지로 밀어붙이는 힘에도 견뎌 내며 비설은 무릎을 찍어 올렸다.

퍼억!

두툼한 뱃살로 파고드는 강렬한 일격.

그 일격에 사내는 표정을 찡그렸다.

"이게!"

더 힘을 주어 밀어붙이던 그가 거칠게 머리를 들이받았다.

허나 비설은 득달같이 달려드는 머리통을 고개를 틀어 피하면서 그 틈에 다가온 턱을 팔등으로 올려쳤다.

빠악!

커다란 충격과 함께 그자의 머리통이 하늘로 튕겨져 올랐다가 원래 자리로 돌아왔다.

근거리에서 벌어지는 단순한 주먹다짐으로 보일지도 모르겠지만 일격, 일격에 엄청난 내공이 담겨져 있는 고도의 박투술이었다.

짧은 거리, 힘이 좋은 사내가 유리할 수도 있었지만 비설은 오히려 더 거리를 좁히고 들었다.

그로 인해 간격은 더 좁아졌고, 그 말은 곧 훨씬 호리호리한 비설이 움직이는 게 용이하다는 걸 뜻했다.

자신의 장기를 이용하고자 거리를 좁혔음에도 불구하고 도리어 비설의 연달아 쏟아지는 공격을 받아야만 하는 사내는 당황할 수밖에 없었다.

'뭐 이런 게 다 있어?'

이토록 젊은 놈인데 하는 짓은 마치 백전노장을 연상케 한다.

대체 얼마나 많은 경험이 있기에 그 짧은 시간 안에 자신에게 가장 유리할 수 있는 판단을 이토록 서슴없이 내릴 수 있단 말인가.

사내가 이를 악물었다.

그의 터질 것 같은 두꺼운 다리가, 양팔이 더욱 팽창하듯 부풀어 올랐다.

그 순간 비설의 몸이 엄청난 속도로 밀려 나갔다.

드드득!

주변으로 흙먼지가 일며 돌들이 사방으로 튕겨져 나간다. 그 와중에서도 비설은 이를 꽉 깨물고 상대를 노려봤다.

버티고 있던 자미쌍검에 자색 기운이 물들기 시작했다. 맞대고 있는 섭선에서 느껴지는 너무도 강렬한 힘.

바로 그때였다.

파앙!

부푼다고 생각했던 사내의 양팔을 감싸고 있던 옷이 터져 나갔다. 그리고 그 순간 엄청난 힘이 비설을 집어삼켰다.

등 뒤에서 나타난 강렬한 기운과 팔뚝에서 압박해 오는 힘까지 동시에 말이다.

허나 비설 또한 이미 이 같은 상황을 예측하고 있었다.

자미쌍검을 감싸고 있던 자색 기운이 기다렸다는 듯이 사내의 섭선을 밀어젖혔다.

파앗!

결국 사내가 뒤로 밀려 나갔고, 뒤이어 밀려드는 노도와도 같은 강기가 비설을 집어삼키고 있었다.

하늘을 뒤덮을 정도의 무시무시한 기운.

막 그 기운이 비설을 뒤덮는 순간 밀려 나가던 사내의 얼굴엔 자신만만함이 감돌았다. 그렇지만 아주 찰나 그 빛살 너머로 비설의 입 부분이 보이는 그 순간이었다.

'……웃어?'

흐릿하게 보이긴 했지만 올라간 입이 눈에 들어왔다. 자신의 착각이 아닌가 하는 순간 강기가 비설이 있던 공간을 파괴했다.

쿠우웅!

강기가 마구 틀어박히며 비설이 서 있던 장소는 수백 개의 포탄이 떨어진 것처럼 엄청날 정도의 구덩이가 생겨 버렸다.

그렇지만…….

'온다!'

사내는 직감했다.

밀려오는 흙 폭풍 속에서 뭔가가 자신에게 달려든다는 걸.

먼지 사이에서 인영 하나가 튀어나왔다.

너무나 멀쩡한 비설이었다.

그녀의 타오르는 듯한 두 눈동자를 마주하는 순간 사내는 움찔하고야 말았다.

우우웅!

두 자루의 자미쌍검이 울음을 토해 냈다.

빠앙!

황급히 섭선으로 막아 내긴 했지만 거구의 사내가 뒤로 수십 발자국은 밀려 나갔다.

동시에 휘둘러 오는 비설의 일 권.

주먹에서 뻗어져 나온 권풍이 사내를 감쌌다.

퍼억!

어깨에 정확하게 적중당한 그는 어깨를 움켜쥔 채로 거리를 벌렸다.

화가 치밀었지만 사내는 침착함을 잃지 않았다.

'대체 어떻게 피했지?'

분명 공격이 먹혀들었다 생각했거늘 상대는 멀쩡히 모습

을 드러냈다.

비설이 피해 낸 방법은 간단했다.

암향표(暗香飄).

화산파가 자랑하는 경신술인 암향표는 어느 순간 다가오는 매화 향기처럼 은밀하다 알려진 무공이다. 순식간에 위치를 바꾸는 데 있어서는 타의추종을 불허하는 경신술이 바로 그것이었다.

비설은 그 암향표를 펼치며 사내의 공격을 피해 낸 것이다.

사내 정도 되는 인물이 암향표를 직접 봤다면 어느 정도 눈치를 챌 수도 있었겠지만 주변을 뒤덮은 흙먼지 탓에 그는 비설의 경신술을 보지 못했다.

반반한 얼굴의 비설을 바라보던 사내의 얼굴이 점점 무표정하게 변했다.

그가 가볍게 목을 꺾으며 입을 열었다.

"난 너 같은 놈들이 딱 질색이야. 움켜쥐면 부스러질 것 같이 약해 빠진 놈이 쥐방울처럼 요리조리 빠져나가는 그런 부류 말이야."

비설은 정확하게 사내가 딱 싫어하는 부류의 인물이었다. 곱상하고, 호리호리한 게 자신과는 정반대의 상대.

사내가 천천히 말을 이었다.

"하지만…… 인정하지. 넌 강해. 내가 놀랄 만큼."

"칭찬은 됐고, 이 싸움이나 빨리 마무리 짓죠. 이쪽은 별로 여유가 없거든요."

비설이 힐끔 환야를 바라보며 말을 받았다.

사실 침착하니 말을 내뱉는 것과는 달리 그녀의 속내는 무척이나 조급했다.

환야의 상태가 좋지 못한데 문제는 상대가 생각보다 너무 강하다는 거다.

'아무래도 싸움이 길어질 거 같은데.'

길어질수록 환야가 살 수 있는 확률 또한 줄어들 것이다.

환야를 저런 상태까지 몰고 간 것만으로 이미 강자라는 건 예상했지만…….

비설은 고개를 저었다.

'지금은 고민을 할 때가 아니야.'

비설이 자미쌍검을 고쳐 잡았다.

상대가 얼마나 강한지를 생각하고 있을 때가 아니다.

'이 싸움 어떻게든 끝내야 해.'

번쩍이는 자미쌍검이 다시금 불을 뿜어내려고 할 때였다.

마찬가지로 비설에게 달려들려던 사내가 움찔했다.

그 이유는 귓가에 계속해서 들려오던 소란이 잦아들었기

때문이다.

혁련휘가 있었던 집마전은 계속해서 소란스러웠다. 그런데 그 소란이 사라졌다는 게 무엇을 의미하겠는가?

혁련휘와 그들의 일이 마무리 지어졌다는 걸 뜻한다.

그리고 그 승자가 누구인지 사내는 보지 않아도 알 수 있었다. 칠대천의 수장과 그를 따르는 고수들이 즐비하긴 했지만 상대는 자하도에서 살아 나온 자다.

이미 싸우기 전부터 이 싸움의 승패는 정해진 것이나 다름없었다.

'젠장.'

사내는 입맛을 다셨다.

어떻게든 눈앞에 있는 저 역겨운 놈의 목을 뽑아서 가져가고 싶었지만…….

거구의 사내가 피고 있던 섭선을 접었다.

그리고 사라져 가는 투기, 그걸 느낀 비설이 움찔했다. 사내가 그녀를 향해 입을 열었다.

"오늘은 여기까지. 더 끌었다가는 너희들의 대장이 나타날지도 모르는 상황이라 말이야."

"……"

비설 또한 이 싸움을 마무리 짓고 싶은 건 매한가지였다.

그렇지만 지금 중요한 건 싸움의 결과가 아니다.

쓰러져 있는 환야의 목숨, 그게 최우선이다.

사내가 비설을 향해 차갑게 말했다.

"다음에 만나면 그땐 반드시 죽인다. 그러니 그 목 간수 잘하라고."

싸늘한 목소리로 경고를 날리는 거구의 사내에게서는 섬뜩한 분위기가 흘러나왔다. 그렇지만 그런 기세에 밀릴 비설이 아니었다.

마찬가지로 차가운 눈동자로 그를 응시한 채로 그녀 또한 지지 않고 받아쳤다.

"그쪽도요."

"흥."

비웃듯이 짧게 코웃음을 친 그가 몸을 돌리며 아직까지도 바닥에 엎드린 채로 덜덜 떨고 있는 달치를 바라봤다.

그러고는 비웃듯이 입가에 미소를 머금은 채로 짧게 인사를 건넸다.

"달치야, 다음에 다시 보자. 그땐 예전처럼 제대로 한번 놀아 보자고. 알았지?"

덜덜.

달치는 주먹을 꽉 쥔 채로 계속해서 덜덜 떨었다.

분한 듯 입을 깨무는 달치, 그럼에도 불구하고 아무런 행동도 하지 못한 채로 그가 천천히 고개를 떨궜다.

그리고 그 순간 사내가 몸을 돌리더니 재빠르게 담장 너머로 모습을 감췄다. 비설은 그의 뒤를 쫓지 않고 나무에 기대어 앉아 있는 환야에게로 서둘러 달려갔다.

"아직 살아 있는 거 맞죠?"

비설의 말에 가슴을 움켜쥐고 있던 환야가 고개를 끄덕였다.

괜찮다는 듯 행동하곤 있지만 새하얗게 질린 얼굴과 상처로 가득한 몸을 보고 있자니 결코 상태가 좋지 않았다.

비설이 그런 환야에게서 달치에게로 시선을 돌리며 이해가 안 간다는 듯이 입을 열었다.

"달치 아저씨! 대체 왜 가만히……."

"비설."

갑자기 자신을 부르는 환야로 인해 비설이 말을 멈추고 그를 바라볼 때였다.

환야가 고개를 작게 저었다.

달치에게 뭐라 하지 말라는 무언의 신호였다.

대체 왜 당하는 걸 보고 있었냐 말하려던 비설이 입을 닫았다.

상황이 어찌 된 건지는 모르겠지만 달치 또한 움직이지도 못한 채로 고개를 수그리고 있었다. 피투성이가 된 얼굴로 환야가 슬쩍 달치를 바라봤다.

그가 힘겹게 입을 열었다.

"야, 멍청아."

자신을 부르는 소리라는 걸 알기에 달치가 고개를 들어 올렸다. 달치가 자신을 바라보자 환야가 히죽 웃으며 말했다.

"언제까지 울상 짓고 있을 거야? 한 방 먹이기 전에 정신 차리라고."

"으, 으허엉."

환야의 말에 달치의 눈에서 갑자기 닭똥 같은 눈물이 뚝뚝 떨어지기 시작했다. 그가 자신의 얼굴을 감싸 안은 채로 울먹였다.

"다, 달치가 잘못했다. 환야 달치 때문에 다쳤다. 환야 달치 때문에 죽는다. 엉엉."

"저 자식이 멀쩡한 사람을 죽은 사람으로 만드네."

환야가 어처구니없다는 듯이 중얼거렸다.

나무에 기대어 앉아 있는 환야의 옆에 쭈그려 앉은 비설이 자신의 어깨에 그의 손을 걸쳤다.

비설의 부축을 받으며 환야가 힘겹게 자리에서 일어났다.

비설이 환야를 향해 말했다.

"바로 의원한테 가요."

"그러자고."

몇 걸음 힘겹게 걸으며 환야가 재미있다는 듯이 입을 열었다.

"여자한테 이렇게 부축을 받고 걸어 보기는 또 난생처음이네."

비설은 별 대꾸 없이 걸었고, 그렇게 비설에게 부축을 받은 채로 움직이던 환야가 실실 웃으며 장난과 진담을 섞은 채로 슬며시 입을 열었다.

"비설, 혹시나 내가 죽으면…… 대장을 부탁한다."

"그런 헛소리할 거면 그냥 입 좀 닫고 있어요. 아저씨 절대 안 죽으니까요."

비설이 쓸데없는 소리 말라는 듯이 대꾸했다.

그러자 환야가 의미 모를 미소를 머금었다.

'꼭 헛소리는 아닌데 말이야.'

점점 흐릿해지는 정신을 억지로 잡으며 환야는 힘겹게 숨을 몰아쉬었다.

정말 아주 만약이지만 자신이 죽는다면 혁련휘의 옆에는 그 누가 있어 줄까? 그를 혼자 두고 싶지 않았다.

그랬기에 비설에게 부탁하는 거다.

혁련휘의 옆을 지켜 달라고.

그때였다. 둘의 뒤에 바짝 달라붙은 달치가 울면서 연신 외쳐 댔다.

"엉엉, 환야 죽는다. 환야 죽었다."

워낙 크게 울어 대는 통에 환야는 눈살을 찌푸렸다. 큰 목소리 때문에 가뜩이나 아픈 머리가 깨질 것처럼 지끈거렸기 때문이다.

환야가 어깨에 두르지 않은 손으로 달치를 가리키며 말했다.

"부탁인데 산 사람을 자꾸 죽이는 저놈 입부터 좀 막아 주면 안 되냐?"

4장. 그들의 존재

— 뭐가 문제란 말입니까

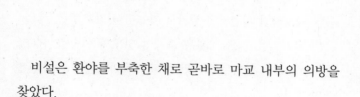

　비설은 환야를 부축한 채로 곧바로 마교 내부의 의방을 찾았다.

　다행히도 흑랑방에서 그리 멀지 않은 곳에는 의방 하나가 있었고, 늦은 밤이라 닫혀 있는 상태긴 했으나 의원이 기거하는 곳이었다.

　의원을 깨운 비설은 그의 옆에 선 채로 환야를 치료하는 걸 바라보고 있었다.

　중년의 나이를 넘어 백발이 성성한 의원은 조심스러운 손놀림으로 환야의 상처를 어루만졌다.

　"끄응."

환야는 혼절한 상황에서도 아팠는지 자그맣게 신음 소리를 흘렸다.

　환야를 치료하던 의원이 이내 손을 멈추고는 자신의 이마에 송골송골 맺힌 땀을 닦아 냈다. 비설이 곧바로 물었다.

　"상태는 어떤가요?"

　"부상이 꽤나 깊습니다. 출혈도 적지 않고요. 조금 더 늦었다가는 제가 손쓸 수도 없는 상황이 되었을지도 몰랐는데…… 운이 좋게 그런 최악의 경우는 피한 것 같습니다. 몸만 회복하면 예전처럼 생활도 가능하실 거고요."

　의원의 말을 들은 비설은 그제야 안도의 한숨을 내쉬었다. 숨이 붙어 있기는 했지만 목적지에 다다를 즈음에 혼절한 환야다.

　큰 걱정이 일었거늘 이토록 의원의 입을 통해 목숨을 부지할 수 있다는 말을 듣자 마음이 놓였다.

　의원이 말을 이었다.

　"그래도 한동안 몸 관리 잘하셔야 할 겁니다. 외상이 다 나아도 내상의 치료에도 신경을 쓰셔야 할 거고요."

　"예, 이렇게 치료해 주셔서 감사합니다."

　"제 일인데요 뭘."

　의원이 픽 웃으며 자리에서 일어났다. 그러고는 이내 약재가 있는 창고에 잠시 다녀오겠다며 자리를 비웠고, 비설이 한쪽에 위치한 의자에 앉았다.

환야의 상태는 엉망이었다.

전신에 수두룩하게 꼽힌 침과, 수많은 약재들을 몸에 바르고 있는 환야는 자그맣게 숨을 쉬고 있었다. 그런 환야를 바라보던 비설이 슬쩍 옆으로 시선을 돌렸다.

환야가 있는 침상의 바로 옆에 붙은 채로 한시도 떨어지지 못하고 있는 달치가 있었다.

얼마나 침상에서 떨어지지 않았는지 치료를 하는 의원이 잠시 좀 비켜 달라고 말할 정도였다. 그만큼 달치 또한 환야가 걱정됐다는 말이리라.

달치가 걱정스러운 얼굴로 물었다.

"환야 계속 잔다. 환야 안 일어난다."

"좀 쉬어야 한데요 아저씨. 많이 다쳐서 회복하는 데 시간도 좀 걸릴 거 같고요."

"……달치 때문이다."

달치가 침울한 목소리로 말했다.

비록 어린아이의 지능을 지녔다고는 하지만 달치 또한 자신을 위해 환야가 싸우다가 이렇게 됐다는 걸 잘 알고 있다.

그런 환야를 바라보는 달치의 얼굴은 금방이라도 또 울

음을 터트릴 것 같이 일그러져 있었다.

비설이 그런 달치를 황급히 달랬다.

"다행히 좀만 쉬면 낫는다잖아요. 울고 그러면 환야 아저씨 못 쉬어서 더 늦게 나아요. 그러니까 진정해요."

"알겠다. 달치 안 운다. 환야 나아야 한다. 그래서 달치 참는다."

고개를 크게 끄덕이며 억지로 눈물을 삼키는 달치를 보며 비설이 그의 어깨를 토닥였다.

겁을 먹은 채로 아무런 것도 하지 못했던 달치.

'분명 뭔가 이유가 있었을 텐데.'

비설은 궁금했지만 묻지 않았다. 자하도의 일이라면 자신이 아닌 혁련휘가 알아야 할 부분이라 생각한 탓이다.

더군다나 제대로 움직이지도 못할 정도로 겁을 집어먹었던 달치다. 그런 것에 대해 함부로 묻는다는 것 또한 그리 내키진 않았다.

자신이 알 수 없는 상처와 과거가 달치에게도 분명 있었을 테니까.

그렇게 가만히 앉아 환야를 바라보고 있은 지 얼마의 시간이 지났을 무렵이었다.

다급한 발걸음 소리에 비설이 문 쪽으로 고개를 돌렸고, 그곳으로 두 명의 사내들이 모습을 드러냈다.

그 둘은 바로 혁련휘와 부의민이었다.

부의민이 빨갛게 달아오른 얼굴로 안으로 뛰어 들어왔다.

그가 황급히 물었다.

"어떻게 됐어?"

"다행히 목숨은 건지셨어요. 나으면 무공을 사용하는 데도 큰 문제는 없을 거라고 하시더라고요."

비설의 대답을 듣고서야 부의민은 안심했다는 듯이 표정을 풀었다.

그리고 그런 부의민의 뒤편에 서 있는 혁련휘는 혼절한 환야를 여전히 무심해 보이는 눈동자로 내려다보고 있었다.

허나 아니다.

무심해 보이는 눈동자 한쪽에서 꿈틀거리는 진득한 살기가 느껴진다.

감정의 표현이 극히 적은 혁련휘가 이 정도의 반응을 보인다는 것은 말로 설명하기 힘들 정도로 화가 치솟았다는 걸 의미했다.

혁련휘가 천천히 입을 열었다.

"……어떻게 된 거지?"

혁련휘의 질문에 그와 눈도 마주치지 못하고 있던 달치

가 움찔했다. 그런 달치를 대신해 비설이 말을 받았다.

"이상한 자가 있었어요."

"이상한 자?"

"네. 덩치가 엄청 크고, 살집이 있었는데…….'

"변발이던가?"

"어? 아는 자예요?"

"아니, 환야가 그런 놈을 만났던 적이 있다 했었는데 역시 그놈이었군."

객잔에서 그자를 만났던 것에 대해 전해 들었던 혁련휘다.

정체 모를 그 존재에 대해 내심 주의를 기울이고 있는 중이었는데…… 이렇게 먼저 당해 버리고야 만 것이다.

말을 내뱉는 혁련휘가 옆에 있는 탁자를 움켜쥐었다. 혁련휘의 아귀힘을 견디지 못한 탁자의 일부분이 가루가 되어 손가락 사이로 흘러내렸다.

그가 물었다.

"그놈은 어떻게 됐지?"

"도망쳤어요. 저는 환야 아저씨의 생사가 중요했기에 쫓지 않았고요."

비설의 대답에 혁련휘가 고개를 끄덕였다.

혁련휘와 마찬가지로 환야를 향해 시선을 돌린 비설이

말했다.

"그래도 이 정도라 다행이에요. 흑풍이 아니었다면 정말 큰일 날 뻔했어요."

위기의 순간 절묘하게 모습을 드러낸 비설이 환야를 구해냈다. 하지만 그런 일이 벌어지게 된 것은 다름 아닌 흑풍 덕분이었다.

*　　*　　*

흑랑방과의 싸움은 일방적이었다.

비설을 막아 낼 만한 무인은 그곳에 없었으니까. 혁련휘가 흑랑방의 방주와 노고수들을 밀어붙이는 사이 비설은 그런 그가 편하게 움직일 수 있도록 부의민과 함께 다른 이들을 막아 내고 있었다.

숫자는 훨씬 많았지만 힘 차이는 확연했고, 자연스레 승기는 일방적으로 이쪽으로 기울었다.

막 자신에게 달라붙던 두 명의 무인들을 수도로 내려쳐 혼절시킨 비설은 자신을 향해 날아드는 기척을 느꼈다.

재빠르게 자미쌍검으로 쳐 내려던 비설의 귓가로 들려온 건 흑풍의 울음소리였다.

"끼이이익!"

비설은 휘두르던 자미쌍검의 방향을 황급히 틀었다. 예상대로 뭔가 날아들던 것은 다름 아닌 흑풍이었다.

비설은 놀라면서도 자신의 머리 바로 위를 빙글빙글 도는 흑풍을 좋다는 듯 올려다봤다.

평소 자신을 못 본 척하며 무시하던 흑풍이 자신에게 다가온 탓이다.

"우와, 흑풍 저한테 온 거 봤어요?"

한 명을 막 쓰러트린 채로 숨을 고르던 부의민은 이런 상황에서도 자랑을 해 대는 비설을 보며 기가 차다는 듯 고개를 저었다.

멈추어 선 비설의 어깨에 흑풍이 내려앉았다.

비설의 입이 크게 벌어졌다.

자신의 어깨에 앉은 흑풍을 보고 실실 웃으며 다시금 자랑을 하려고 할 때였다.

흑풍이 그녀의 옷깃을 문 채로 몇 번이고 잡아당겼다가 놨다를 반복했다. 그런 흑풍의 행동에 비설은 이상함을 느꼈다.

비설이 물었다.

"지금 나보고 따라오라는 거야?"

"끼익, 끽."

비설의 질문에 흑풍이 그렇다는 듯이 고개를 끄덕이며

울어 댔다.

사람 말을 전부 알아듣는다는 사실을 모르던 비설이었기에 그녀는 고개를 끄덕이는 흑풍의 모습에 깜짝 놀라 버렸다.

"지금 내 말 알아듣는 거야?"

비설의 질문에 흑풍은 다시금 옷깃을 마구 잡아당겼다. 그런 흑풍의 행동에 비설은 곧바로 혁련휘를 향해 시선을 돌렸다.

혁련휘는 지금 장로들에게 둘러싸인 채로 특유의 그 정체를 알 수 없는 무공을 펼치고 있었다.

그의 몸 주변으로 커다란 뇌기가 원을 그리며 퍼져 나가고 있었다.

비설은 그 모습을 보고서야 흑풍이 왜 자신에게 다가왔는지 알았다.

지금 혁련휘가 펼쳐 대는 무공 탓에 흑풍은 그의 근처로 다가가지 못한 것이다.

그랬기에 자신에게 다가와 무엇인가를 말하려고 한 것 같은데……

비설이 황급히 부의민에게 소리쳤다.

"아저씨!"

"왜?"

누군가와 검을 맞댄 채로 싸워 대던 부의민이 그 와중에
도 빠르게 대답했다.

그런 부의민의 뒷모습을 바라보며 비설이 말을 이었다.

"저 잠깐 나가 봐야 할 것 같은데 여기 좀 부탁할게요."

"뭐? 나가긴 어딜 나간다는 거야?"

"흑풍이 뭔가 저한테 따라오라고 하는 것 같아서요. 혹
시 모르니 빠르게 확인 좀 하러 다녀올게요. 만약 무슨 일
이 있어서 제가 늦으면 형님한테 이런 사정 좀 설명해 주세
요."

"미쳤어? 그럼 이놈들은 다 어떻게 하라고……."

"그럼 부탁할게요!"

부의민의 대답은 듣지도 않고 비설은 곧바로 흑풍과 함
께 달려 나갔다.

멀어져 가는 그녀의 뒷모습을 보며 부의민이 소리를 질
렀다.

"이 망할 놈아!"

하지만 그 고함은 비설에게 닿지 않았는지 그녀는 흑풍
과 함께 모습을 감췄다.

멀어지는 비설에게 더 악담이라도 쏟아붓고 싶었지
만…….

타앙!

날아드는 암기를 검으로 쳐 내는 부의민에겐 아쉽게도 그럴 여유가 없었다.

부의민이 이를 갈며 홀로 그 많은 인원들을 막아 내야만 하고 있는 그때 혁련휘 역시도 홀로 흑랑방의 장로들을 상대하고 있었다.

번쩍! 쾅!

혁련휘의 파멸혼이 꿈틀거리는 순간 집마전의 벽 한쪽과 함께 앞에 있던 장로들이 사라졌다. 혁련휘의 일격을 버텨 내는 것 자체가 기적에 가까울 정도로 압도적인 무위.

혁련휘가 날아올랐다.

그리고 동시에 손에 들린 파멸혼에서는 기다렸다는 듯이 번개가 쏟아져 내렸다.

콰르릉!

"으앗!"

놀란 장로 중 하나가 바닥에 주저앉았을 때였다.

떨어져 내리는 그대로 혁련휘의 도가 그의 목을 날렸다.

혁련휘의 공격은 언제나 한 번으로 끝나지 않았다.

한 명을 제압하기 무섭게 또 다음번 목표를 향해 나아간다.

만휘양 또한 마교에서 나름 알아주는 고수 중 한 명이었지만 지금 상황에서는 그런 자부심을 드러낼 수조차 없었다.

혁련휘의 도에서 뿜어져 나온 뇌기가 사방으로 퍼져 나갔다.

"크아악!"

새카맣게 변한 채로 쓰러지는 수하들을 보며 만휘양의 속내가 다급해졌다. 손도 제대로 쓰지 못하고 쓰러지고 있는 이들을 보고 있노라니 문득 누군가의 모습이 떠오른다.

흑랑방 최고의 고수이자 절대십마의 한 사람인 장룡.

이토록 많은 정예 무인들을 홀로 쓸어버린다는 건 절대십마라 불리는 이들을 제외하곤 불가능에 가까운 일이다.

그 말은 곧 지금 혁련휘가 그들의 수준에 도달한 무인이라는 건데…….

'고작 이토록 어린 사내가 장룡에 버금가는 고수란 말인가?'

말도 안 된다는 생각이 들었다.

하지만 지금 눈앞의 현실이, 그리고 피부로 와 닿는 혁련휘의 믿을 수 없는 파괴적인 힘이 그 말도 안 되는 일이 진짜일지도 모른다는 생각이 들게 만든다.

혁무조라는 괴물 같은 자의 핏줄, 그리고 자하도의 무공까지 지닌 혁련휘는 자신이 상상하는 수준을 훨씬 넘어서는 무위를 뿜냈다.

무너져 가는 흑랑방의 무인들을 보며 만휘양은 상황이 좋지 않음을 알았다.

허나 이렇게 무너질 순 없었다.

만휘양이 모든 내력을 쥐어짜기 시작했다.

그의 손에 다시금 자색의 강기가 몰려들었다. 혁련휘의 저 힘에 박살이 나긴 했지만 지금 펼칠 수 있는 최고의 무공인 자독마라강을 다시금 발현하고 있는 것이다.

거기다가 이번엔 양손이었다.

"크으으윽!"

만휘양이 내공을 쥐어짜면서 짧게 비명을 토해 냈다.

두 개의 커다란 강기가 그의 손을 타고 사방으로 요동쳤다.

강기라는 것 자체가 엄청난 내공을 소모하는 무공이니만큼 두 개를 동시에 뿜어내며 조절하는 건 쉽지 않았다.

그렇지만 만휘양은 해내야만 했다.

'이 무공이 실패하면 뒤는 없다.'

이미 자신은 대공자에게 이까지 드러냈다.

그 말은 곧 자신이 죽든, 대공자가 죽든 한쪽만이 살아남을 수 있다는 걸 의미했다. 그랬기에 만휘양은 이번 공격에 승부를 걸었다.

"비켜!"

뒤편에서 내공을 끌어모아 두 개의 강기를 양손에 만들어 낸 그가 버럭 소리쳤다.

그리고 그 순간 양쪽으로 갈라지기 시작한 수하들.

그 안쪽에서 두 개의 강기를 휘두르며 만휘양이 날아올랐다.

그저 허공으로 치솟았을 뿐이거늘 그의 양손에서 꿈틀거리는 강기로 인해 사방의 모든 것들이 밀려 나간다.

하늘에서 떨어져 내리는 만휘양의 시선이 힐끔 위를 올려다보는 혁련휘에게로 향했다.

수하 몇 명이 혁련휘와 싸우고 있었고, 지금 이 상황이라면 그들 또한 강기에 휩쓸려 죽을 것이 분명했지만…… 지금은 그런 걸 따질 때가 아니었다.

"크아아앗!"

마치 커다란 돌덩이를 손에 달고 있는 것처럼 무겁게 느껴지는 두 개의 강기가 벼락처럼 떨어져 내렸다. 그리고 그 강기가 혁련휘가 있던 공간을 덮치고 들어갔다.

콰앙!

두 개의 강기, 그리고 그 강기가 틀어박히는 순간 주변은 지진이라도 난 것처럼 떨렸다. 동시에 버티고 있던 집마전의 외벽이 거짓말처럼 먼지가 되며 사방으로 흩날렸다.

동시에 갈라져 나가는 땅덩어리.

바닥에 착지한 만휘양의 얼굴은 급격한 내공 소모로 인해 하얗게 질려 있었다. 허나 그런 얼굴에 걸린 희열.

'성공이다.'

강기가 혁련휘를 덮쳤다.

그리고 이번에는 아까와 달리 뭔가로 자신의 힘을 받아치지도 않았다.

그저 몸으로 강기를 받았고, 그 탓에 인근에 있던 수하들 십여 명이 죽어 버리긴 했지만 혁련휘 또한 강기에 휩싸였다.

금강불괴라 해도 손을 뒤덮었던 두 개의 수강을 버텨 낼 수는 없을 터.

"으, 으하하하!"

좋다는 듯이 만휘양이 웃음을 터트릴 때였다.

한 치 앞도 분간할 수 없는 흙먼지 속에서 뭔가가 불쑥 튀어나왔다.

터억!

"큿!"

만휘양은 자신의 목을 움켜잡은 손에 놀란 듯 크게 호흡을 들이켰다.

그리고 그 먼지가 옅어지며 너무나 멀쩡한 혁련휘의 모습이 눈에 들어왔다.

만휘양은 믿을 수가 없었다.

'부, 분명 내 강기가 놈을 덮쳤는데⋯⋯?'

어찌 그런 공격을 받고도 이토록 멀쩡히 살아 있을 수 있단 말인가.

혁련휘가 밀려 나가는 흙먼지 속에서 만휘양의 목을 잡은 채로 슬그머니 입을 열었다.

"두 개의 강기까지 동시에 사용할 줄은 몰랐군. 풍신의 힘이 아니었다면 아주 조금 위험할 뻔했어."

날아오는 만휘양을 보며 혁련휘는 곧바로 풍신의 힘을 사용했다.

모든 걸 막아 낸다는 풍신갑으로 몸을 보호한 덕분에 혁련휘는 만휘양의 공격을 받아 낼 수 있었다. 물론 어마어마한 강기 두 개가 준 충격에 몸 안의 내공이 다소 요동치고 있기는 했지만 그건 큰 문제가 아니었다.

가진 내공을 거의 다 쥐어짜서 만들어 낸 두 개의 강기를 고작 이 정도의 대가로 받아 낼 수 있었다면 한참은 남는 장사였으니까.

자신들의 수장인 만휘양이 혁련휘에게 목줄을 움켜잡히자 흑랑방의 모든 무인들은 움직임을 멈출 수밖에 없었다.

만휘양의 목을 움켜잡은 혁련휘, 그가 의미심장한 목소리로 입을 열었다.

"자, 그럼 아까 말했던 처벌을 시작하지."

*   *   *

의방의 다른 비어 있는 장소에서 혁련휘는 달치와 단둘이 마주하고 있었다.

평소 혁련휘만 보면 좋다는 듯 들러붙던 달치였지만 지금은 조금 달랐다.

그는 할 말이 없는지 고개를 푹 숙인 채로 혁련휘의 눈빛을 피했다.

비설을 통해 얼추 상황을 전해 들은 혁련휘다.

달치가 그 정체불명의 존재에 의해 겁을 집어먹고는 아무런 것도 하지 못했다는 사실을 전해 듣고 혁련휘는 내심 놀랐다.

달치는 단순무식이라는 말이 어울릴 정도로 뭔가를 무서워하거나 망설이지 않는다.

그런 그가 겁을 먹고 덜덜 떨었다는 사실은 쉬이 믿기 어려운 일이었다.

혁련휘가 자리에 앉은 채로 자신을 바라보고 있는 걸 알면서도 달치는 손가락만 꼼지락거렸다.

혁련휘가 입을 열었다.

"달치."

"……."

"달치야."

아무런 말도 않던 달치가 재차 혁련휘가 자신을 부르자 슬그머니 고개를 들어 올렸다.

꼭 자신이 곧 혼날 것을 알고 있는 어린아이를 연상케 하는 모습이다.

허나 혁련휘는 달치를 혼내려 하는 게 아니었다.

"너도 알겠지만 환야가 당했다."

혁련휘의 말에 달치가 끄덕거렸다.

그런 그를 향해 혁련휘가 다시금 말을 이었다.

"환야에게 손을 댔던 그놈, 누군지 알지?"

혁련휘가 달치에게 물어보려 한 건 바로 그것이었다.

환야를 저런 상태로 만들 정도의 실력자. 거기다가 달치의 과거와도 인연이 있다면 그건 분명 자하도와 관련되었을 거라는 확신이 있었다.

아무런 대답도 하지 않는 달치에게 혁련휘가 물었다.

"자하도 놈이냐?"

자하도라는 말에 달치는 움찔했다.

굳이 대답을 듣지 않았음에도 혁련휘는 그런 달치의 태도에서 이미 답을 알아 버렸다. 정황상 확신을 가지고 한 질문이긴 했지만 막상 진실을 알아 버리자 혁련휘의 머리는 복잡해졌다.

환야와 마찬가지로 여러 가지 진실들을 한 번에 알아 버렸다.

그들이라는 존재가 자하도와도 연관이 있고, 개중에는 자하도에서 나온 자들도 최소 한 명 이상은 존재한다는 의미였으니까.

'자하도에서 나온 놈들이 원이를?'

상대가 범상치 않다는 사실은 알고 있었다.

그렇지만 그들이 자하도의 인물일지도 모른다는 생각이 들자 혁련휘는 더욱 골치가 아파 왔다.

혁련휘는 그들에 대해 조금이라도 더 알아야만 했다. 그 랬기에 혁련휘는 달치에게 재차 말했다.

"그놈에 대해서는 너밖에 알지 못해. 뭐라도 이야기를 해 줘야……."

"달치 무섭다. 그 사람, 달치 무섭다."

"왜?"

혁련휘가 침착하게 달치에게 되물었다.

달치는 길게 숨을 내쉬었다.

이야기를 꺼내는 것조차가 고통스러울 정도로 달치의 표정은 구겨져 있었다. 그자에 대한 이야기를 하자면 기억 저

편에 박아 두었던 고통스러운 과거를 떠올려야 했으니까.

달치는 자신의 입술을 깨물었다.

말을 하는 게 죽기보다 힘들 정도로 두려운 기분이 밀려들었으니까.

갑자기 자리에 앉아 있던 달치가 스스로의 얼굴을 주먹으로 후려쳤다.

파앙!

커다란 소리와 함께 달치의 목이 휙 하니 돌아갔고, 동시에 입에서는 피가 터져 나왔다.

입 안이 터졌는지 슬쩍 드러난 이빨마저도 피투성이다.

갑작스러운 달치의 행동에 혁련휘가 자리에서 일어났다. 다시금 주먹으로 반대편 얼굴을 후려치려는 것을 혁련휘가 재빠르게 팔목을 움켜잡았다.

"뭐하는 거야?"

"나, 나 말해야 한다. 그리고 말하려면 달치 정신 차려야 한다."

달치의 더듬거리는 말에 혁련휘는 그제야 달치의 행동을 이해할 수 있었다. 겁을 잔뜩 집어먹고 아무런 말도 못 하는 자신의 모습이 한심해서, 어떻게든 이야기를 하고 싶다는 생각에 스스로를 때리기 시작했던 것이다.

달치가 자리에서 일어난 혁련휘를 올려다본 채로 말을

이었다.

"달치 그 사람 너무 무섭다. 그렇지만 달치 말해야 한다. 환야 나 때문에 죽을 뻔했다. 그런데도 환야 달치에게 친구라 말해 줬다. 난 환야 맞는 거 보고만 있었는데 환야는 그런 날 지키려 했다."

"……무슨 말인지 알아. 그러니까 침착하게 하나씩 이야기해 봐. 네가 아는 것들에 대해서."

혁련휘가 달치를 진정시켰다.

그런 혁련휘를 향해 달치가 천천히 입을 열었다.

"우치."

"우치?"

"……그게 그 사람 이름이다."

이름을 말하는 게 그리도 어려운지 힘겹게 침을 삼킨 후에야 달치가 설명했다.

혁련휘는 아무런 재촉도 하지 않고 달치를 물끄러미 바라봤다.

그런 혁련휘의 배려 덕분인지 한결 나아진 목소리로 달치가 말을 이어 나갔다.

"나 어릴 때부터 우치 내 옆에 있었다. 우리 둘 사부 같았다. 그렇지만 우치 나랑 달랐다. 나보다 컸고, 강했다. 그래서 나 항상 우치한테 맞았다. 우치가 어느 손가락이 부러졌을 때가 가장 아픈지 궁금하다고 달치 손 매일매일 부쉈다. 달치 아팠고 무서웠다. 사부는 달치 봐주지 않았다. 우치가 강해서 언제나 내 편 안 들어 줬다."

달치의 이야기를 들으며 혁련휘가 고개를 끄덕였다.

자하도에서의 사부는 이곳 중원과는 다르다.

이해할 수 없는 이들이 사는 곳이 자하도이고, 그곳에서 괴팍한 이들은 자신의 피붙이라 할지라도 아무렇지 않게 죽이곤 한다.

그런 자하도에서 사부란 우러러볼 만한 존재만은 아니다.

그리고 그건 달치의 사부 또한 마찬가지였다.

그에게 필요한 건 그저 자신의 일을 대신해 줄 수 있는 존재였다.

그랬기에 달치보다 상대적으로 크고 강했던 우치가 그에게 무슨 짓을 하든 사부라는 작자는 신경조차 쓰지 않았다.

설령 그 당시 우치가 달치를 조각조각 내서 죽였다 한들 그자는 단 한마디의 잔소리조차 하지 않았을 것이다.

사부라는 자에게 필요했던 건 그저 더 능력이 있는 제자였을 뿐이니까.

말을 하던 달치는 무척이나 괴로운 표정을 지어 보였다.

억지로 생각하지 않던 기억을 끄집어내면서 덩달아 당시

에 느꼈던 수많은 감정들이 물밀 듯이 밀려들어 온다.

공포, 좌절, 그리고 고통까지.

어린 달치가 감당하기에는 너무나 괴로웠던 그 수많은 것들이 말이다.

그럼에도 불구하고 달치는 자신이 느꼈던 그 모든 것에서 도망치지 않았다.

다쳐 버린 환야를 위해 뭔가를 해야 한다 느낀 탓이다.

"항상 달치가 죽지 않을 만큼만 괴롭혔다. 그래야 이튿날도 괴롭힌다며 그렇게 회복할 수 있을 만큼만 달치 몸 부쉈다. 달치 그 사람 보면 덜덜 떨린다. 발도 못 움직이겠고, 손도 안 움직였다."

극도로 심한 괴롭힘을 당한 탓에 달치는 그 우치라는 자와 대면하는 것만으로도 깊은 공포에 잠겼고, 어릴 때 항상 그래 왔던 것처럼 제대로 반항조차 하지 못했다.

뼛속 깊이 우치라는 자에 대한 두려움이 박혀 있는 탓이다.

혁련휘가 물었다.

"그런데 그 우치라는 자가 어떻게 자하도가 아닌 이곳에 있던 건지 알아?"

혁련휘의 질문에 달치가 고개를 저었다.

"달치 잘 모른다. 우치가 어느 날 갑자기 사라졌다. 그게 끝이었다."

"어느 날 갑자기 사라졌다고? 그게 언제쯤이지?"

혁련휘의 이어지는 물음에 달치는 손가락을 꼼지락거리며 열 개를 펼쳤다. 그러고는 고개를 갸우뚱하며 말했다.

"이거보다는 더 된 거 같다."

그 우치라는 자가 사라진 게 십 년이 넘는다는 말에 혁련휘는 다시금 생각에 잠겼다.

정확한 시기를 알 수는 없지만 그 정도라면 혁련휘가 자하도에 들어간 지 얼마 안 됐을 때거나, 설령 달치가 기억하는 것보다 더 그 시간이 길다면…….

'내가 자하도로 도망쳐 들어가기 전부터 그들이 중원에 존재했을지도 모르겠군.'

혁련휘의 생각이 이어지려고 할 때 달치의 목소리가 들렸다.

"우치가 사부 죽였다. 그는 항상 사부를 죽이고 싶어 했다. 그리고 결국 우치 사부 죽이고 사라졌다. 그는 자신이 노린 표적은 반드시 놓치지 않는다. 사부도 죽인다 죽인다 하더니 결국 죽였다. 그리고……."

달치는 방금 전의 만남을 상기하며 몸을 한 번 부르르 떨었다.

그러고는 달치가 힘겹게 입을 열었다.

"이제 우치가 비설 죽이려 한다."

달치의 그 한마디에 혁련휘의 표정이 일그러졌다.

*　　　*　　　*

마교의 외성 바깥에 위치한 어느 장소.

뚱뚱한 몸집을 한 사내 우치가 모습을 드러내고 있었다.

수십 개가 넘는 부상과 찢겨져 나간 옷차림.

엉망이 된 차림으로 그는 인적이 드문 숲길로 들어섰다.

그리고 나무들 사이에서 기다리고 있던 한 사람이 그런 우치의 앞에 모습을 드러냈다.

모습을 드러낸 건 한 여인이었다.

머리카락을 단발로 쳤고, 몸은 호리호리하다.

얼굴은 예쁘고 오밀조밀하게 생겼으며, 서른 중반을 넘어섰지만 아직까지도 무척이나 젊은 느낌을 물씬 풍겼다.

그녀가 우치를 보며 당황한 어투로 말했다.

"행색이 왜 그래?"

"젠장, 짜증 나는 일이 좀 있었어."

"흑랑방의 장룡이 아니라면 널 이렇게 만들 녀석은 없을 텐데."

우치가 흑랑방에 다녀왔다는 걸 아는 여인이었고, 그곳

에서 유일하게 우치와 싸울 수준의 무인은 절대십마의 일인인 장룡뿐이다.

허나 장룡은 이곳 마교가 아닌 다른 곳에 있는 상황이었기에 여인이 의아하다는 듯이 말했다.

그런 여인의 말에 우치가 퉁명스레 대꾸했다.

"대공자 일행이 흑랑방을 쳤어."

"뭐? 그럼 대공자와 싸운 거야?"

"아니, 놈은 코빼기도 못 봤지. 아직까지는 모습을 드러내지 말라는 대장의 명령이 있어서 대공자가 올 것 같기에 싸우던 중에 이렇게 도망친 거고."

말을 내뱉는 내내 우치는 짜증이 난 것처럼 보였다.

피에 젖은 옷하고, 몸 곳곳에 난 상처들이 느껴질 때마다 짜증이 치밀었다.

그런 그에게 여인이 물었다.

"그래서 흑랑방은 어떻게 됐는데?"

"우리가 돕지 않았으면 결과야 뻔하지. 장룡이 남아 있긴 하지만 방주를 비롯한 이들은 대공자의 손에 이미 처단됐을 거다."

"뭐 예상은 했지만…… 생각보다 빠르네."

여인은 내심 놀란 듯한 눈치였다.

대공자 혁련휘가 칠대천과 싸울 것은 예상한 상황이다.

그렇지만 이건 예상보다 더욱 빠른 움직임이다. 조금은 더 시간을 두고 천천히 싸움을 시작할 거라 생각했거늘, 혁련휘는 그런 자신들의 예상과는 다르게 기민하게 움직이고 있다.

여인이 말했다.

"네가 도왔다면 흑랑방이 버텼을 텐데 그냥 버린 거야?"

"이미 흑랑방은 이용할 만큼은 다 이용해서 굳이 지켜야 할 가치가 없더라고. 그리고 어차피 이게 우리가 바라던 바 아닌가? 대공자와 칠대천의 싸움. 우리야 그냥 앉아서 싸움 구경만 하면 그만이지."

"그거야 그렇지만……."

여인은 뭔가가 내심 걸린다는 듯이 말을 끌었다.

그런 여인을 뒤로 둔 채로 우치는 한곳에 있는 짐을 풀어 안에 있는 상의를 하나 꺼내어 들었다.

그러고는 찢겨진 옷을 훌렁 벗고 새 옷으로 갈아입었다.

뱃살을 출렁거리며 새 옷을 입던 우치가 문득 생각난 듯이 입을 열었다.

"아 참, 대공자의 부하 중 하나가 암흑류를 쓰던데."

"……그럴 리가. 잘못 봤겠지."

"내 눈이 썩은 동태눈인 줄 알아? 그것도 못 알아보게?"

"진짜야? 확실해?"

"아, 진짜라니까! 유영인(劉影印), 네가 펼치는 암흑류를 보아 왔던 게 얼마나 많은데 그걸 잘못 보겠냐고."

유영인이라는 이름의 여인은 우치의 말에 잠시 굳어 있었다.

암흑류라는 무공을 아는 이는 세상에 단둘뿐이었다. 자신, 그리고 자하도에서 함께 살았던 또 다른 한 명…….

등을 돌리고 있는 탓에 그녀의 표정 변화를 눈치채지 못한 우치가 계속해서 말을 이었다.

"새끼가 자꾸 되도 않는 암흑류로 덤벼 대더라고. 멍청하게 까불어 대는 통에 얼마나 화가 나던지 그냥 머리통을……."

힘을 주어 말을 이어 가던 우치의 목소리가 갑자기 멈췄다.

그 이유는 뒤편에서 다가와 자신의 목젖에 닿아 있는 하나의 비수 때문이었다.

목에 닿아 있는 비수를 느끼며 우치가 히죽 웃었다. 그러고는 이내 살기 어린 목소리로 입을 열었다.

"……이거 안 치워? 유영인 죽고 싶냐?"

"죽였어?"

"뭘?"

"그 암흑류를 쓰는 녀석 죽였냐고."

"죽이려고 했는데…… 아쉽게도 숨이 끊어지는 건 못 봤군. 마지막 일격을 가하기 전에 이상한 녀석이 나타나는 바람에 말이야."

대답을 들은 유영인이 비수를 거두며 뒤로 두어 걸음 물러났다. 그리고 우치는 비수가 닿아 있던 목을 손으로 어루만지며 고개를 돌렸다.

유영인이 차가운 눈빛을 한 채로 말했다.

"살았다고 안심하지 마, 우치. 만약 녀석이 죽었으면…… 너도 나한테 죽어."

"큭큭, 역시나 아는 사이였나?"

우치의 질문에도 유영인은 아무런 대꾸도 하지 않았다.

잠시 환야와 유영인의 관계에 대해 궁금해하던 우치였지만 이내 그의 관심은 다른 곳으로 돌아갔다. 입던 옷을 마무리한 우치가 천천히 입을 열었다.

"그놈 기억하냐?"

"그놈이라니?"

"대공자 아래에 환영학관에서부터 같이 있었던 동년배 사내놈 하나 있잖아."

"기억나."

비설의 이름까지는 기억하지 못했지만 이미 대공자 일행에 대해서는 어느 정도 파악이 끝난 상황이다. 혁련휘를 따르는 네 명 중 하나이니 비설의 존재에 대해서는 알고 있었다.

물론 그 넷 중에서 가장 비중 없이 여기고는 있었지만.

우치가 피로 얼룩진 옷을 바닥에 툭 내던지며 말을 이었다.

"날 이렇게 만든 게 그놈이야."

"……농담이 심하네."

"농담인 걸로 보여?"

말을 하는 우치의 눈동자에 맴도는 짙은 살기.

그랬기에 유영인은 우치의 말이 결코 거짓이 아니라는 걸 알 수 있었다.

다만 믿을 수가 없는 것이다.

우치가 고작 환영학관에 몸담고 있던 학생 한 명에게 이런 꼴을 당했다는 게.

우치가 바닥으로 내던진 자신의 옷을 발로 짓뭉개듯 비벼 댔다.

그러고는 슬쩍 웃는 얼굴로 우치가 입을 열었다.

"……그 녀석에 대해 알아봐야겠어."

5장. 선전 포고

— 들어오라고 해

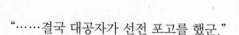

“……결국 대공자가 선전 포고를 했군.”

보고를 전달받은 묵룡천가의 가주 천위극의 얼굴이 일그
러졌다.

일전에 소집령을 어겼던 이들을 처벌한 것과 지금 벌어
진 일은 전혀 다른 차원의 문제다.

그때 벌했던 그들과 칠대천은 엄연히 다른 존재였으니
까.

혁련휘가 흑랑방을 뭉갠 지 고작 이각(30분)의 시간이 흘
렀을 뿐이다.

허나 그 짧은 시간 안에 이미 모든 정황이 천위극의 손으

로 들어왔다.

물론 이건 비단 천위극에게만은 아닐 것이다. 여타의 칠대천들 또한 이미 이 사실을 전해 들었을 것이 분명했다.

천위극이 수하에게 물었다.

"그래서 만 방주는 어찌 됐지?"

"죽었습니다."

"죽었다고?"

흑랑방을 공격했다고 한들 설마 방주까지 죽이는 위험을 감수할 줄은 예상치 못했다. 천위극이 재차 물었다.

"대체 누가 대공자와 함께 움직였기에 흑랑방을 그토록 소리도 없이 뒤집어엎었단 말이냐."

"저기 그것이…… 대공자 독단으로 움직였답니다."

"독단으로? 설마 대공자 혼자의 힘으로 흑랑방을 그렇게 만들었다고?"

"예, 대공자가 항상 함께 다니던 그 네 명만 대동한 채로 흑랑방으로 쳐들어갔고, 심지어 그중에 둘은 바깥에 있었답니다."

"하, 하하하! 제아무리 장룡이 없었다 한들 고작 셋이서 흑랑방을 부쉈다라……."

말을 내뱉는 천위극의 말투에는 씁쓸함과 놀라움이 묻어나왔다.

정황상 많은 숫자가 흑랑방을 나가 있는 상태였다고 해도 셋이라는 숫자로 어찌할 만큼 칠대천이 호락호락한 곳이 아니다.

그럼에도 불구하고 이 같은 일이 벌어졌다는 게 뜻하는 건 오직 하나.

혁련휘의 무위가 자신의 예상을 훨씬 넘어선다는 거다.

'대체 얼마나 강하기에……'

흑랑방의 방주 만휘양.

그는 칠대천의 수장 중 그리 강한 편이 아니었다. 상대적으로 사대가문에 비해 떨어지는 삼대방파의 수장으로 무공보다는 상계에 보다 이름을 떨치던 인물이다.

허나 그래도 그는 마교에서 삼십 위 안에 드는 고수 중 하나였다.

그런 만휘양이 장로들과 함께 당했다는 건 결코 좌시할 수 있는 일이 아니다.

묵룡천가의 가주이자 절대십마의 일인인 천위극.

그는 칠대천 중 가장 교주의 자리에 가까이 위치한 인물로 손꼽힌다.

혁련휘가 흑랑방을 친 과정에는 분명 명분이 있었다. 방주 만휘양의 아들인 만자강의 추하기 그지없는 악행이 그 명분이다.

허나 그렇다 한들 이대로 가만히 있는다면 칠대천은 흔들릴 것이다.

 한둘씩 대공자의 눈치를 보는 이들도 생길 것이고, 그 자그마한 망설임이 결국 커다란 문제를 야기할 수도 있다.

 '지금의 자리에 오기까지 얼마나 힘들었는데 그리되게 놔둘 수는 없는 노릇.'

 천위극은 결단을 내려야 했다.

 그가 슬그머니 입을 열었다.

 "그냥 있을 수 없겠군."

 "하오면 어찌할까요?"

 "……칠대천들에게 연락을 날려."

 천위극이 자리에서 일어나며 말을 이었다.

 "내가 다들 보자 한다고."

                    *   *   *

 최근 들어 어둠과 침묵에 감싸여 있던 교주전에서 커다란 웃음소리가 터져 나왔다.

 그 웃음소리의 주인공은 다름 아닌 교주 혁무조였다. 그가 뭐가 그리도 재미있는지 키득거리다가 이내 앞에 있는 자신의 호위 무사인 무명에게 말을 걸었다.

"일말의 경고도 없이 곧바로 쳐들어갔다?"

"예, 그 탓에 지금 마교 내부에서는 난리가 난 모양입니다."

"하하, 늙은 여우들이 놀라 허둥지둥하는 걸 내 눈으로 직접 봤어야 했는데 말이야."

아쉽다는 듯 말을 내뱉는 혁무조가 천천히 숨을 들이쉬었다.

숨을 쉴 때마다 느껴지는 이 깊은 고통.

웃고 있던 혁무조의 얼굴에서 어느덧 웃음기가 완전히 걷혔다. 그가 냉정한 목소리로 말했다.

"천 가주가 움직일 것이다."

상황이 이리되었으니 천위극이 가장 먼저 움직일 거라는 걸 혁무조는 너무나 잘 알았다. 그는 분명 칠대천을 규합하여 혁련휘에 대한 방비책을 세우려 할 것이다.

당장에야 큰 죄를 지은 흑랑방의 두 사람을 벌한 것으로 혁련휘를 대놓고 죽이려 들진 않겠지만, 이걸 계기로 어떻게든 그를 더 몰아붙이려 할 건 분명했다.

무명이 조심스레 혁무조에게 물었다.

"그냥 두셔도 괜찮겠습니까?"

무명의 질문에 혁무조가 입가에 조소를 머금은 채로 말을 받았다.

"그 녀석은…… 내 아들이다."

그 말에 담긴 의미가 무엇일까?

허나 오랫동안 혁무조의 옆을 지켜 왔던 무명이었기에 그가 하고자 하는 말뜻을 곧바로 이해할 수 있었다.

무명이 고개를 숙이며 사죄했다.

"제가 괜한 소리를 했습니다. 용서를."

"됐다."

말을 끝낸 혁무조는 여전히 붉은 천에 휩싸인 침상에 자리하고 있다 자신도 모르게 피식 웃었다. 그 웃음에 무명이 물었다.

"갑자기 무슨 재미있는 생각이라도 드신 겁니까?"

"별건 아니고. 그냥 그 녀석을 보고 있자면 왠지 예전의 내가 생각이 나서 말이야. 나도 어릴 때 혼자서 칠대천을 부수겠다고 쳐들어갔던 적이 있었는데 말이야……."

"교주님께서요? 그래서 어떻게 되셨습니까?"

"어떻게 되긴. 내가 살아 있는 걸 보면 모르겠어?"

자신만만한 혁무조의 말투에 무명은 고개를 끄덕였다.

거기까지 말을 마친 혁무조가 천천히 침상의 한편에 몸을 기댔다. 칠대천에게 정식으로 싸움을 건 혁련휘, 그리고 그런 그에게 칠대천 또한 그냥 당해 주지는 않을 것이다.

그리고 칠대천이 흔들린다면…… 결국 그들이 나서겠

지.

침상에 기대어 앉은 채로 먼 허공을 응시하던 혁무조의
머리에 한 사람의 얼굴이 떠올랐다.

마교의 소교주였던 혁리원, 바로 그였다.

'원아, 네 죽음이 그 녀석을 움직이게 했구나.'

혁무조는 알고 있었다.

혁련휘가 말해 주기 전부터 혁리원이 죽었다는 사실을.
알면서도 혁련휘의 앞에서는 그것에 대한 그 어떠한 말도
하지 않았다.

여전히 허공을 응시하던 혁무조가 눈가에 아른거리는 혁
리원을 향해 입가에 미소를 머금은 채로 말을 걸었다.

"기대되지 않느냐. 네 형이 앞으로…… 무슨 일을 벌일
지를. 나는 무척이나 기대가 되는구나."

흑랑방의 일로 마교가 발칵 뒤집힌 것에 비해 막상 사건
을 벌인 당사자인 혁련휘는 그 건에 대해 큰 동요가 없어
보였다.

혁련휘에게 그건 그저 당연히 해야 했을 일에 불과한 탓
이다.

칠대천이 동요하고 있을 거라는 건 알지만 혁련휘는 크
게 상관치 않았다. 어차피 그들과의 싸움을 각오하고 벌인

일인데 지금 와서 그걸로 호들갑 떨 생각은 조금도 없었다.

계속해서 의방에만 있을 수 없었기에 치료가 끝난 환야를 데리고 본래의 거점으로 돌아온 상황.

의원을 대동한 채로 장원으로 돌아온 혁련휘는 자신의 방에 앉아 앞에 있는 상대를 물끄러미 바라보고 있었다.

그건 다름 아닌 비설이었다.

혁련휘의 뚫어져라 바라보는 시선을 느껴서인지 짐 정리를 하고 있던 비설이 어색하니 고개를 돌렸다.

"형님, 왜 그렇게 보십니까?"

"신경 쓰지 말고 할 거 해."

"아니, 그렇게 뚫어져라 보시는데 어떻게 할 걸 해요."

비설이 투덜거리고 있을 때였다.

혁련휘가 슬그머니 입을 열었다.

"……고마워."

"네?"

갑작스러운 혁련휘의 말에 비설이 놀란 듯 되물었다. 그런 그녀를 향해 혁련휘가 진지한 눈빛으로 재차 말했다.

"환야 살려 줘서 고맙다고."

"당연히 해야 할 걸 한 건데요 뭘."

환야에 대한 혁련휘의 마음이 느껴져서일까?

비설이 환하게 웃으며 머리를 긁적였다. 혁련휘에게 고

맙다는 말을 들으니 비설 또한 이상하게 기분이 좋았다.

뭔가 항상 신세를 지는 그를 위해 뭔가를 해 준 느낌이 들어서다.

비설은 그런 자신의 속내를 솔직하게 말했다.

"매번 신세만 지는데 이렇게 고맙다는 말을 들으니 저도 형님께 뭘 해 드린 것 같아서 기분이 좋습니다."

"……."

비설의 말에 혁련휘가 침묵했다.

그녀의 말은 틀렸다.

분명 처음엔 비설이 혁련휘에게 이런저런 비밀을 지켜 달라며 들러붙었던 게 사실이다.

그렇지만 과연 둘 중 누가 더 신세를 많이 졌냐를 굳이 따지자면 이제는 분명 자신 쪽이 더 많은 도움을 받았다고 자신할 수 있었다.

학관 내에서도 자리를 비운 자신을 대신해 수많은 점호를 대신해 줬고, 흑거미를 파헤치기 위해 직접 인질이 되어 주기도 했다.

어디 그뿐이랴.

혁리원이 남겼던 마지막 유언장을 찾을 수 있었던 것도 비설 덕분이다. 그리고 그 이후 계속되어지는 싸움에서 비설은 매번 혁련휘에게 큰 도움이 되어 주고 있었다.

그리고 이어 이번엔 비설이 환야를 살렸다.

만약 그녀가 없었다면? 그것을 상상하는 것만으로도 혁련휘는 끔찍했다.

고맙다는 말이 그리도 좋은지 헤실거리고 있는 비설을 바라보던 혁련휘가 입을 열었다.

"비설."

"네, 형님."

웃으며 대답하는 그녀를 향해 혁련휘가 천천히 말을 이었다.

"널 만나서…… 다행이다."

쿵.

자신을 올려다보며 말하는 혁련휘의 눈빛을 마주하고 있던 비설은 그의 말 한마디와 함께 심장이 뚝 떨어지는 듯한 느낌을 받았다.

비설은 그런 자신의 감정이 너무나 낯설었다.

혁련휘가 종종 내뱉는 한마디에 이상할 정도로 어쩔 줄 모르는 이 마음.

비설은 그런 자신의 감정에 당황한 듯 서둘러 아무 말이나 막 되는 대로 내뱉었다.

"하, 하하하. 저도 형님을 만나서 얼마나 다행인지 모르겠습니다. 이렇게 마교에도 데려와 주시고 에, 또 언제나 멋있으시고…….”

무슨 말을 하려던 건지 모르고 횡설수설하던 비설은 꺼냈던 이야기를 끝맺지 못하고 그저 얼굴만 빠르게 달아올랐다.

'아, 망했네. 거기에서 멋있다는 말이 왜 나온 거야 대체? 이놈의 망할 입하곤!'

무슨 이야기로 끝맺음을 내야 할지 모르겠는지 비설이 어쩔 줄 몰라 하고 있을 때였다.

바깥에 누군가의 발걸음 소리가 들리더니, 이내 그자가 입을 열었다.

“안에 들어가도 돼?”

그 순간 들려온 부의민의 목소리는 비설에겐 구원의 손길이나 다름없었다.

비설이 황급히 소리쳤다.

“네, 네! 들어오세요, 아저씨.”

비설의 대답이 떨어지자 부의민이 문을 열며 안으로 걸어 들어왔다.

그의 모습을 보자 비설은 아무도 모르게 안도의 한숨을 내쉬었다.

그 틈에 안으로 들어온 부의민이 혁련휘를 향해 말을 걸었다.

"대공자, 일이 좀 생겼는데."

"그 녀석 상태 안 좋아?"

환야의 옆을 지키고 있던 부의민이었기에 혁련휘는 혹여나 그의 상태가 나빠진 건 아닌가 걱정이 되는 모양이었다.

그렇지만 부의민이 고개를 저었다.

"아니, 아직 깨진 않았지만 상태는 그리 걱정할 정도는 아니야. 환야 때문에 온 게 아니라 손님이 한 명 찾아왔는데 아무래도 만날지 말지 물어봐야 할 것 같아서 말이야."

"누군데?"

혁련휘의 말에 부의민이 슬쩍 자신이 들어온 문밖을 바라보며 말을 받았다.

"마혈적가 가주."

부의민의 대답에 혁련휘가 재차 물었다.

"그가 직접 찾아왔다고?"

"응. 옆에 수하 세 명 대동하고 널 만나겠다며 직접 찾아왔던데. 어떻게 할까? 만날래 아니면 돌려보내?"

칠대천의 하나인 마혈적가의 가주가 직접 이곳에 왔다는 말에 혁련휘는 잠시 고민했다.

칠대천 중 하나인 흑랑방을 정리한 지 아직 한나절도 되지 않았다. 그리고 모습을 드러낸 마혈적가.

십장로 중에서 혁련휘의 편에 서 있는 어관중이 말했었

다.

마혈적가를 같은 편으로 들이라고. 그리고 언제라도 자신에게 말을 한다면 가주와의 자리를 마련해 보겠다고 말이다.

그랬기에 비파월을 통해 마혈적가에 대해 조사하고 있던 혁련휘다.

아군으로 들일 만한 자들인지, 아니면 적으로 분류해야 할 상대인지를 말이다.

그러던 차에 당사자인 마혈적가의 가주가 직접 찾아올 줄은 상상도 하지 못했다.

아직 마혈적가에 대한 조사가 끝나지는 않았지만…….

일이 이왕 이렇게 된 이상 생각이 바뀌었다. 그들이 아군이 될지 적군이 될지는…… 두 눈으로 확인하면 그만이다.

혁련휘가 고개를 끄덕였다.

"들어오라고 해."

6장. 마혈적가

— 돌려받고 싶습니다

갑작스러운 마혈적가 가주의 방문.

그와의 만남을 승낙한 혁련휘가 방 안에 가만히 앉아 있을 때였다. 닫혀 있던 문이 열리고는 이내 중년의 사내 한 명이 모습을 드러냈다.

중년의 사내는 야성미가 물씬 풍겼다.

짧고 거친 느낌을 주는 수염과, 근육으로 뒤덮인 상체는 옷으로도 쉬이 가리기 어려울 정도로 탄탄해 보였다.

적당하게 큰 키에, 우락부락하지는 않지만 사내다움이 물씬 풍기는 느낌.

짧은 머리에 이목구비가 무척이나 또렷해 보이는 인상을

풍기는 그가 바로 마혈적가의 현 가주인 적인호였다.

입구에 모습을 드러낸 그가 힐끔 방 안을 살폈다.

혁련휘의 모습을 확인한 적인호가 포권을 취하며 먼저 예를 취했다.

그리고 그런 그를 혁련휘는 여전히 의자에 앉은 채로 무심한 표정으로 바라만 볼 뿐이었다.

인사를 마친 적인호가 성큼 방 안으로 한 걸음 걸어 들어왔고, 그 뒤를 동행했던 호위 무인들이 따라붙으려 할 때였다.

이들을 안내하고 왔던 부의민이 입구를 막아섰다.

갑작스러운 행동에 뒤따라온 이들이 표정을 굳히며 뭔가를 말하려 했지만 그보다 부의민이 먼저 입을 열었다.

"대공자님의 거처에 들어가는 걸 허락받은 건 가주님뿐입니다. 그 외에는 아무도 들어갈 수 없습니다."

"그렇지만……."

"시키는 대로들 하게."

뭔가를 말하려 하던 그때 적인호가 수하들을 향해 명령을 내렸다.

그의 말이 떨어지자 문가로 다가와 있던 무인들이 뒤로 물러났다.

부의민은 그들이 대화를 듣기 어려울 정도로 먼 곳까지

가는 걸 확인하고서야 문을 닫았다. 부의민이 고개를 끄덕이며 혁련휘에게 정리가 끝났다는 뜻을 내비쳤다.

아무런 말도 없던 혁련휘가 처음으로 입을 열었다.

"앉아."

"그러지요."

적인호가 혁련휘의 맞은편에 위치한 의자에 몸을 실었다.

혁련휘와 마주한 그가 씨익 웃으며 말을 꺼냈다.

"소문으로만 듣던 대공자님을 이토록 뵙게 되니 무척이나 기분이 묘하군요."

칠대천의 수장들 대부분과 안면이 있는 혁련휘였지만 적인호와는 일면식조차 없는 사이다. 혁련휘가 마교에 있었을 때 마혈적가의 가주는 적인호의 아버지였던 탓이다.

당시 소가주였던 건 적인호가 아니었다. 소가주는 적인호의 형이었던 적청이라는 자였고, 그는 다음 대 가주로 손꼽히던 인물이었다.

헌데 정작 가주의 자리를 이은 건 동생인 적인호였다. 그렇게 된 데에는 여러 가지 이유가 있었지만 가장 큰 건 바로 그가 형을 훨씬 뛰어넘는 재능을 지녔기 때문이다.

어린 혁련휘조차도 몇 번 그의 이름을 들어 본 기억이 있었을 정도로 적인호는 뛰어난 인물이었다.

혁련휘가 말했다.

"네 이름을 어릴 적에 몇 번 들었던 적이 있지. 그렇지만 이렇게 가주가 되어 마주하게 될 줄은 몰랐군."

"저 또한 대공자님을 이렇게 뵙게 될 줄은 몰랐습니다. 자하도로 들어가셨다 들었는데…… 살아서 나오는 게 가능하군요."

"왜? 죽었으면 했나?"

"그럴 리가 있겠습니까. 그저 그곳에 대해 아주 어릴 때부터 궁금한 게 많았는데, 직접 살아서 오신 분이 눈앞에 계시니 신기해서 말씀드리는 것뿐입니다."

"그리 신기해할 거 없어. 원한다면 들어가게는 해 주지. 다만 살아서 나올 거라고는 장담 못 하겠지만."

"말씀은 감사하지만 사양하겠습니다. 부양해야 할 식구들이 워낙 많아서요."

적인호는 혁련휘의 말에 웃으며 넘어갔다.

그렇지만 이 대화를 통해 적인호는 궁금했던 것들을 확인할 수 있었다.

혁련휘가 도망치듯 자하도의 물길로 들어갔다는 건 소문으로만 들었다.

물론 그 자리에 있던 이들의 숫자가 워낙 많긴 했지만 원래 자신이 직접 본 게 아니라면 잘 믿지 않는 적인호였다.

　그랬기에 슬쩍 떠보듯이 자하도에 대해 이야기했고, 혁련휘가 속이려 드는 것만 아니라면 그 안에 들어갔다가 살아 나왔다는 건 분명 사실인 듯싶었다.

　혁련휘가 바로 물었다.

　"말 잘했군. 그 많은 이들을 부양해야 할 마혈적가의 가주인 그대가 이곳엔 무슨 일이지?"

　"칠대천의 하나로서, 교로 돌아오신 대공자님을 알현하러 왔는데 이게 무슨 문제라도 됩니까?"

　"뭐 네가 어찌 생각하는지 모르겠지만 다른 칠대천들은 그리 여기지 않겠지."

　칠대천들은 혁련휘를 적으로 여기고 있다.

　그리고 그 사실을 당사자 중 하나인 적인호가 모르지는 않을 터. 그런데도 불구하고 적인호는 혁련휘를 찾아왔다.

　그게 의미하는 바는 생각보다 컸다.

　혁련휘의 말에 적인호가 자신의 수염을 손으로 어루만지며 말을 받았다.

　"다른 이들이 어찌 생각하는지가 뭐가 그리 중요하겠습니까. 제 생각이 중요한 것이지요."

　뜻을 알 수 없는 적인호의 말투. 허나 혁련휘는 이런 대화를 길게 가져갈 생각이 없었다. 속내를 감추고 상대를 떠보는 말장난은 질색이다.

"어관중이 마혈적가에 대해 이야기하더군. 너희들을 내 편에 두라고 말이야. 그런데 그 말을 들으니 하나 궁금하 더군."

"무엇이 말입니까?"

"그것이 과연 어관중만의 생각인지 아니면…… 너희 마 혈적가의 뜻인 것인지 말이야."

어관중이 과연 아무런 이유도 없이 이들과 손을 잡으라 한 건 아닐 것이다.

사전에 이들이 다른 칠대천과는 달리 자신을 도울 가능 성이 있다 여겼기 때문에 그 같은 말을 했을 공산이 크다.

그리고 혁련휘는 그게 어관중의 생각에서 나온 말은 아 닐 거라 여겼다.

칠대천 중 하나인 마혈적가다.

그들이 먼저 어관중에게 속내를 드러내지 않았다면 그가 마혈적가의 생각을 알아내는 건 불가능했을 거라고 여겼기 때문이다.

혁련휘의 핵심을 집는 질문에 적인호가 움찔하며 잠시 그를 응시했다.

'……간파당했군.'

놀라긴 했지만 애초부터 숨겨야 할 비밀도 아니었다. 적인호는 길게 숨을 내쉬었다.

사실 그로서도 지금의 이 선택은 무척이나 큰 도박이 될지도 몰랐으니까.

그가 신중한 목소리로 답했다.

"대공자님의 예상대로입니다. 어 장로에게 대공자님의 편에 설 수도 있다는 뜻을 은연중에 내비친 건 제 계획이었습니다."

"그래서 네가 얻는 건?"

칠대천의 입장에서 혁련휘의 편에 든다는 건 위험을 감수하는 선택일 수밖에 없다.

그런데도 불구하고 이 같은 선택을 했다는 건, 자신의 편에 섬으로써 마혈적가가 뭔가를 얻을 수 있다는 판단이 섰다는 걸 의미했다.

"대공자께서는 현재 칠대천의 정세를 알고 계십니까?"

뭘 말하려는 것인지를 알 수 없었기에 혁련휘는 우선 고개를 저었다. 그런 그를 향해 적인호가 말을 이어 나갔다.

"이강(二强), 삼중(三中), 이약(二弱)."

지금 적인호가 말하는 건 다름 아닌 등급이다. 그리고 그건 칠대천 내부의 서열을 뜻하는 것이었다.

"묵룡천가와 혈뢰주가가 이강이고, 저희와 신검백가, 그리고 삼대방파 중 가장 강하다 알려진 백화방이 삼중입니다. 남은 두 곳인 흑랑방과 천룡신방이 이약이지요. 뭐 크게는 이리 불리긴 하는데 또 이 안에서 서로 간에 모종의 밀약들이 있는 상황입니다."

마교라는 무림을 일통한 절대적인 존재.

그리고 그 꼭대기에 위치했던 일곱 개의 세력들은 혁무조가 약해지기 무섭게 기다렸다는 듯이 서로 필요한 부분마다 손을 잡고 자신들의 힘을 늘리고 있었다.

겉으로 보기엔 분명 이들 모두가 한배를 탄 것처럼 보이지만…….

"흔들리지 않는 것처럼 견고해 보이는 동맹. 그렇지만 사실 그건 불가능한 일이지요. 머리가 일곱 개인데 어찌 다 똑같은 생각만 하겠습니까?"

누구는 엄청난 권세를 원할 것이고, 누구는 재물을 원한다.

또 누군가는 명예를 원할 수도 있다.

그런 이들이 모여 만들어진 칠대천은 혁무조가 힘을 잃고, 후계자였던 소교주가 사라지면서 서서히 그 갈등들이 표면으로 드러나기 시작한 것이다.

"대공자님, 같은 편에 있는 이가 다른 곳을 보는 것보다 더욱 위험한 게 뭔지 아십니까? 바로 똑같은 곳을 보는 겁니다. 아예 똑같은 목표, 그렇지만 그것이 오로지 한쪽만 가질 수 있는 것이라면 이야기는 달라지겠지요."

"똑같은 것이 뜻하는 게…… 교주의 자리인가."

혁련휘의 말에 입구에 서 있던 부의민이 움찔했다.

마교 교주의 자리란 무엇인가.

천하를 가질 수 있는 지존의 위치에 선다는 걸 의미한다. 모두가 탐낼 수밖에 없는 자리, 그렇지만 선택받은 이만이 올라설 수 있는 것이 바로 마교의 교주다.

그리고 지금 적인호는 똑같은 곳을 본다는 말로 지금 칠대천 중 일부가 교주의 자리를 노린다는 사실을 은연중에 말하고 있었다.

애초에 알고 있었던 사실, 허나 직접 그 당사자가 눈앞에 있고 없고의 차이는 컸다.

혁련휘가 파멸혼을 쥔 손을 탁자 위에 탕 소리 나게 강하게 올려놓았다.

자연스레 적인호의 시선이 혁련휘의 강하게 움켜쥔 주먹으로 향했다.

여전히 자리에 앉아 있는 혁련휘에게서 천천히 살기가 뿜어져 나왔다.

갑작스러운 살기에 적인호가 고개를 들어 혁련휘와 시선을 마주했을 때다.

혁련휘가 입을 열었다.

"너도 교주의 자리를 원하는가?"

교주 자리에 욕심 따윈 없다.

버려지게 된 그 날부터 마교와 관련된 그 어떠한 것도 가지고 싶지 않았으니까.

허나 혁리원을 죽음으로 몰고 간 칠대천들이 원하던 교주의 자리를 그들에게 줄 생각 따윈 더더욱 없었다.

혁련휘의 살기등등한 모습에 적인호는 시간을 끌지 않고 재빠르게 대답했다.

"만약 제가 그랬다면 대공자님을 찾아오지 않았을 겁니다."

적인호의 말에 혁련휘가 살기를 거뒀다.

그리고 대신해서 그에게 질문 하나를 던졌다.

"그럼 네가 원하는 건?"

"오래전 저희가 지녔던 그 힘. 그 힘을 되찾고 싶습니다."

"오래전이라 하면 그자에게 갈가리 찢기기 전을 이야기하는 건가?"

한때 칠대천 중 가장 독보적인 힘을 지녔던 마혈적가. 그리고 그들은 혁무조에 의해 엄청날 정도의 피해를 입고야 말았다.

그랬기에 약해져 버린 위상.

그 위상을 되찾고 싶다는 뜻을 내비친 것이다.

혁련휘의 질문에 적인호가 고개를 끄덕였다.

"맞습니다. 저희는 그때의 마혈적가를 꿈꾸고 있습니다. 그 약속만 해 주신다면 저희 마혈적가는 대공자님을 도울 생각입니다. 그리고 그러기 위해서는 하나 대공자님에게 확실한 대답을 듣고자 하는 게 있습니다."

"뭐지?"

혁련휘의 물음에 적인호가 목소리에 힘을 주며 대답했다.

"저희의 이름을…… 돌려받고 싶습니다."

적인호의 그 한마디에 부의민은 마른침을 삼킨 채로 대화를 나누던 둘을 가만히 바라봤다.

혁무조에게 패하면서 무적적가라는 본래 가문의 이름마저도 빼앗겨 버린 그들이다.

무적이라는 호칭은 자신에게만 어울린다며 무적적가를 마혈적가로 바꾸어 버렸고, 그 일을 계기로 그나마 혁무조에게 반발하던 이들조차도 그의 광오하다시피 한 자신감에 혀를 내두르면서 결국은 그 앞에 굴복하게 만들어 버린 사건.

적인호는 말하고 있는 것이다.

그 가문의 이름을 돌려받고 싶다고.

혁련휘가 아무런 대답도 하지 않자 적인호가 말을 이었다.

"그렇게만 해 주신다면 저희 마혈적가는 대공자님을 도와서 다른 칠대천들과⋯⋯."

"거절하지."

이야기를 이어 나가던 적인호의 말을 자르며 내뱉은 혁련휘의 한마디가 준 파장은 적지 않았다.

이야기를 듣고만 있던 부의민조차도 당황해서 얼굴이 씰룩거렸다.

자신들의 이름만 돌려준다면 칠대천 중 하나가 같은 편에 선다는 제의를 했다.

그런데 거절이라니?

이곳에 혁련휘와 단둘만 있었다면 부의민은 당장이라도 무슨 생각이냐고 따져 물었을 것이다. 이름 하나 돌려주는 것만으로 엄청난 것을 얻을 수 있거늘 대체 왜 그걸 거절한단 말인가.

잠시 침묵을 지키던 적인호가 이내 조용히 물었다.

"거절이라고요?"

"그래, 거절하지."

"어째서입니까? 무적적가라는 그 이름만 돌려주신다면 대공자님은 분명 많은 걸 얻으실 겁니다. 그런데 대체 왜……."

"그래서 뭐가 달라지지?"

"예?"

"예전의 위명을 되찾고 싶다고 했나."

"그랬지요."

"그렇게 너희에게 내가 힘을 실어 준다면 결국 마혈적가는 칠대천을 휘어잡은 채로 그들의 우두머리가 되겠지. 결국 지금 묵룡천가나 혈뢰주가, 그들의 위치에 너희 가문이 가는 것뿐 아무것도 변하는 건 없을 거라는 소리다."

"아니라고는 말하지 않겠습니다. 그렇지만 그로 인해 대공자님도 많은 걸 얻으시지 않으시겠습니까. 그거면 저희 사이에 충분한 거래가 성립되는 거라 여겨지는데요."

적인호의 질문에 혁련휘는 고개를 저었다.

그건 얻는 게 아니다.

똑같은 상황에서 같은 문제를 일으킬 만한 존재가 바뀌는 것뿐이다.

그건 그저 당장의 문제를 해결하기 위해 더 큰 문제를 야기하는 꼴이 되어 버릴지도 모른다는 걸 의미했다.

"그래선 아무런 것도 바뀌지 않아. 그렇기에 나는 그 모두를 부숴 버릴 생각이다. 하나의 강력한 힘, 그리고 그 힘은 바로 나에게서만 나오게 할 것이다."

혁무조가 아프기 전에 그랬던 것처럼 모든 권력을 마교의 한 사람에게 집중시킨다.

물론 그러기 위해서는 압도적인 무위, 그리고 그를 뒷받침하는 수하들이 있어야 한다.

이 모든 게 쉽진 않겠지만 혁련휘는 그래야만 했다. 자하도에서 나온 그 정체 모를 이들과 싸우기 위해서라도 칠대천은 물론이거니와 그 누구에게도 흔들리지 않는 강력한 권력을 쥐어야만 한다.

혁련휘의 쏟아져 나오는 말에 적인호가 멍한 얼굴로 그를 응시했다.

절대적인 힘, 흔들리지 않는 강력함을 지닌 단 하나의 존재.

그것이 자신이 되겠다고 말하고 있다는 걸 알 수 있었으니까.

놀란 그에게 혁련휘가 다시금 말했다.

"그리고 그런 말도 안 되는 제안이 나에게 먹힐 거라 생각했던가?"

"제안이라면…… 무적적가의 이름을 돌려달라는 것 말입니까?"

"그래."

"……어째서 말도 안 된다는 겁니까?"

물어보는 적인호가 혁련휘를 뚫어져라 응시했다.

그리고 그런 그의 시선을 받으며 혁련휘의 입술이 움직였다.

"무적이라는 건 적이 없다는 소리잖아? 건방지게 어디서 함부로 그런 말을 놀리려는 거지? 너희가 내 편을 들든 말든 상관하지 않겠다. 하지만 이거 하나만 명심해."

혁련휘가 자리에서 일어나 적인호를 내려다보며 차가운 목소리로 말을 이었다.

"만약 그 무적이라는 이름을 다시 다는 그 즉시 너희는 수십 년 전 겪었던 그 일을 나한테서 다시 경험하게 될 거야. 이번엔 아예 회생 불가능하게 짓뭉개 버려 주지. 그러니 나에게…… 건방지게 조건 따위 달지 마. 무적이라는 그 칭호를 가질 수 있는 존재는, 하늘 아래 나밖에 없으니까."

말을 내뱉는 혁련휘의 두 눈동자가 번뜩였다.

오만하다.

그리고 자신감이 철철 넘친다.

이 말로 표현 안 되는 자신감은 실로 혁무조를 빼다 박은 듯이 똑같다.

오만한 말투와 눈빛. 그리고 그 누구에게도 자신을 낮추지 않는 그 모습까지도.

혁련휘의 행동에 적인호는 침묵했고, 입구에 서 있던 부의민은 지붕을 올려다봤다.

'하아, 끝났네.'

손을 잡겠다고 온 자의 모든 청을 거절했다.

그걸로 끝이 아니라 그들의 가장 아팠던 과거를 파 헤집으며 무적이라는 칭호를 다시 달려고 하는 그때는 가문 자체를 박살 내겠다 선포했다.

무적이라는 그 칭호는 자신을 제외하곤 그 누구에게도 줄 수 없다며 말이다.

내심 도움을 받길 바랐던 부의민이었지만 상황이 이리되었음에도 불구하고 이상할 정도로 마음은 가볍다.

피식.

부의민이 아무도 모르게 입가에 미소를 머금었다. 저 오만함에 가까운 자신만만함이 이상할 정도로 잘 어울리지 않는가.

물론 그 탓에 고생길은 더 훤히 열리긴 했지만…….

'뭐, 아무래도 상관없지.'

부의민은 한 걸음 더 내디디며 문 쪽으로 다가갔다. 화가 난 적인호가 당장이라도 자리를 박차고 나갈 거라 여겼기 때문이다.

그런데…….

자리에서 일어난 적인호는 예상과는 달리 화를 내지도, 방을 나가지도 않았다.

의자를 가볍게 뒤로 밀어 공간을 만들어 낸 적인호가 갑자기 몸을 굽혔다.

쿵!

그의 무릎이 땅에 닿았다.

갑작스럽게 적인호가 무릎을 꿇은 것이다. 그 모습을 본 부의민은 당황할 수밖에 없었다.

'아니 갑자기 이게 무슨 일이래?'

놀란 부의민의 입이 채 벌어지기도 전에 적인호가 그대로 땅에 머리를 조아렸다.

그러고는 그가 자신을 내려다보는 혁련휘를 향해 커다란 목소리로 말했다.

"마혈적가의 가주 적인호, 대공자님께 다시금 인사드립니다."

갑작스레 예의를 갖추며 다시금 인사하는 적인호를 내려다보던 혁련휘가 입을 열었다.

"……이건 무슨 뜻이지?"

당황한 건 비단 부의민 뿐만이 아니었다.

혁련휘 또한 자신의 말을 듣고 오히려 더 극진하게 예를 갖추는 그의 행동에 표정을 구겼다. 그런 혁련휘의 물음에 적인호가 답했다.

"제 말에 대한 대공자의 대답에 진심으로 감탄을 했기 때문입니다."

대답을 하는 적인호는 여전히 무릎을 꿇은 상태였다. 허나 그런 그의 대답에 혁련휘의 표정이 날카롭게 변했다.

지금의 이 갑작스러운 상황을 보아하니, 여태까지 그가 내뱉었던 언사들이 자신을 시험해 보기 위해 한 행동들이었다는 걸 깨닫게 만들었기 때문이다.

혁련휘가 차갑게 몰아붙였다.

"설마 건방지게 날 떠보려고 했던 거냐?"

"그럴 리가 있겠습니까. 무적적가라는 이름을 되돌려받고 싶었던 건 진심입니다. 허나 대공자님의 대답을 듣는 순간 그게 그리 중요하지 않게 되었을 뿐입니다."

처음부터 대공자와 손을 잡으려 했던 이유 중 하나는 바로 무적적가라는 이름을 되돌려 받기 위함이다. 그렇지만 그보다 더 큰 이유가 하나 있다.

적인호는 뼛속까지 마교의 정신이 박힌 무인이다.

그는 강함을 숭배하고, 진정한 마교를 꿈꾸는 인물이다.

그리고 그건 적인호 뿐만이 아니라, 전대 가주였던 그의 아버지 또한 마찬가지였다.

이득보다는 마교인이라는 자부심으로 살아왔던 이들.

그것이 바로 마혈적가다.

적인호의 대답에 혁련휘가 고개를 저으며 말했다.

"이해가 안 가는군. 내 그 말에 불쾌한 게 아니라 감탄을 했다고?"

"그렇습니다."

"그걸 지금 나보고 믿으라고 하는 말인가?"

"저희 마혈적가가 교주님에게 가장 큰 피해를 입은 사실을 아시지요?"

도리어 물어 오는 적인호의 말에 혁련휘는 고개를 끄덕였다.

그 여파로 칠대천 중 최강의 자리에서 내려와 이제는 삼중의 하나로 꼽힐 정도가 아니던가. 그런 혁련휘의 반응을 확인한 적인호가 말을 이었다.

"그렇다면 그것도 아십니까? 교주님의 명령만 떨어지면 그것이 어떠한 것이 됐든, 얼마나 큰 피해를 감수해야 했든 반드시 해내고야 말았던 게 누구인지 말입니다."

"……."

"바로 저희 마혈적가입니다."

내뱉는 적인호의 말에 부의민이 입구 쪽에서 고개를 끄덕거렸다.

생각해 보면 교주의 가장 충신 가문으로 알려졌던 것이

바로 마혈적가다.

신기하게도 가장 큰 피해를 입은 그들이 선두에서 교주를 따랐으니 일각에서는 그런 마혈적가를 꼬리 내린 강아지라 불렀다.

혁무조가 너무나 무서워 자존심도 버리고 그토록 알랑방귀를 뀌어 댄다며 말이다.

그렇지만 아니다.

그들이 혁무조를 따랐던 것은 그가 두려워서가 아니었다.

그럴 만한 사람이라 인정했으니까.

마혈적가의 가주가 목숨을 걸어도 될 가치를 지녔고, 그만한 자격을 갖춘 절대자라 여겼기 때문이다.

그리고 그건 그 피를 이어받은 적인호 또한 마찬가지였다.

"저희 가문의 이름을 다시 찾는 것. 그것 또한 분명 제 목표입니다. 허나 가문보다 위에 있는 것, 그게 바로 마교입니다."

무덤덤하게 말을 잇는 적인호는 자신의 속내를 드러냈다.

다른 칠대천이 가문을 위해 움직이는 것에 비해 마혈적가는 마교를 위해 싸웠다.

마교란 무엇인가?

단지 교주의 혈육을 따르는 게 마교를 위한 거라 여기는 게 아니다.

마교는 마인들의 중심이 되어야 하는 절대적인 곳이다.

그리고 그런 마교를 이끌어야 하는 것이 바로 교주다. 한마디로 교주가 되기 위해서는 그만한 능력이 있어야 한다는 소리다.

사실 적인호가 이곳으로 직접 찾아온 건 혁련휘가 흑랑방을 뒤엎은 탓이다.

그 짧은 시간 안에 칠대천 중 하나인 흑랑방의 수족들을 완전히 잘라 버렸다.

소식을 듣기 무섭게 적인호는 마음의 결정을 내린 상황이었다.

한 번도 본 적은 없지만 지금 마교를 뒤흔들고 있는 이런 상황 하며, 칠대천 중 하나를 거침없이 쳐 내는 모습도 마음에 들었다.

그랬기에 먼저 손을 내밀기를 기다리려 했던 계획을 철회하고 이토록 먼저 자신이 찾아온 것이다.

능력이 있는 자.

직접 한번 만나 보고 싶었다.

헌데 직접 눈으로 마주한 혁련휘라는 사내는 상상 이상

이었다.

교주인 혁무조를 연상케 할 정도의 강렬함을 가진 그를 이렇게 보게 되었거늘 어찌 마음이 흔들리지 않을 수 있겠는가.

적인호의 말을 듣고만 있던 혁련휘가 이내 긴 침묵을 깨며 입을 열었다.

"지금 네 말은 날 따르겠다는 건가?"

"예."

"내 편이 되겠다는 게 뭘 뜻하는지는 잘 알 텐데. 칠대천 모두를 적으로 돌려야 할 거다."

"알고 있습니다."

"그리고 나는 너희를 전혀 배려하지 않고 날 위해 사용할 거야. 그래도 괜찮은가?"

"얼마든지 사용하시지요. 설령 그것이 아무리 위험한 일이라 할지라도 따르겠습니다."

한 치의 망설임도 없이 대답하는 적인호를 혁련휘는 말없이 내려다만 보았다.

여전히 무릎을 꿇은 채로 그는 혁련휘의 승낙을 기다렸다.

칠대천 중 하나인 마혈적가가 혁련휘를 돕겠다는 것은 분명 커다란 호재였다. 그리고 실제로 혁련휘 또한 마혈적가에 대한 조사를 지시했을 정도로 그들에 대해 알아보려 하기도 했다.

그렇지만 혁련휘는 알고 있었다.

지금 자신의 손을 잡음으로써 이들이 얼마나 큰 피해를 감수해야 할지를.

그럼에도 불구하고 자신의 아래로 들어오겠다는 적인호의 대답에 혁련휘가 결국 고개를 끄덕였다.

"각오가 됐다면 함께하지."

승낙이 떨어지기 무섭게 적인호가 입가에 미소를 머금은 채로 자리에서 벌떡 일어났다. 그러고는 곧바로 혁련휘를 향해 포권을 취하며 정식으로 자신이 합류함을 알렸다.

"지금 이 순간부터 저희 마혈적가는 대공자님 휘하로 들어가겠습니다."

칠대천 중의 하나인 마혈적가가 혁련휘의 아래로 들어가는 순간이었다. 그리고 그건 칠대천들에게 커다란 파문이 일게 할 만한 사건이기도 했다.

혁련휘가 빠르게 말했다.

"어차피 며칠 안 돼서 알게 되겠지만 우선은 내 밑으로 들어온 것에 대해 최대한 감추고."

"예, 알겠습니다. 그리고 파악하기 쉬우시도록 대공자님에게 저희 마혈적가에 대해 보고서 올리도록 하겠습니다."

"그렇게 해."

"쉬시는 시간을 너무 방해한 것 같습니다. 오늘은 우선 물러갔다가 추후에 정식으로 찾아뵙겠습니다."

물러나겠다는 적인호의 말에 혁련휘가 고개를 끄덕였다.

그가 혁련휘에게 인사를 건네고는 성큼 몸을 돌려 밖으로 나가기 위해 문 쪽으로 걸어왔다.

문을 막아서고 있던 부의민의 옆을 스쳐 지나간 적인호는 곧바로 바깥으로 나갔다. 그가 모습을 드러내자 멀찍이 떨어져 있던 수하들이 곧바로 다가왔다.

적인호가 짧게 말했다.

"돌아간다."

말을 마친 적인호가 선두에 선 채로 걸음을 옮겼다.

본거지를 향해 걸음을 옮기는 적인호의 발걸음이 자신도 모르는 사이에 점점 빨라지고 있었다.

'해야 할 게 많겠군.'

한동안 조용하게 지냈는데, 이제부터는 아주 바빠질 듯하다.

약해지고 여기저기에 흔들리는 마교의 기강을 다시 확립하는·일은 결코 쉽지는 않을 것이다. 그렇지만 자신이 만난 혁련휘라면…….

걸음을 옮기던 적인호가 피식 웃음을 흘렸다.

자신에게 서슬 퍼런 표정을 지으며 몰아붙이던 혁련휘의 모습이 아직까지도 떠오른다. 그리고 그런 강인한 모습이 야말로 적인호가 꿈꿨던 마교의 새로운 주인의 자격.

'당신의 말대로군요. 제가 따를 가치가 있을 거라는 말에 반신반의했는데…… 그 말이 틀리지는 않은 것 같습니다.'

누구를 향한 것인지 알 수 없는 생각과 함께 그렇게 적인호는 혁련휘의 거처에서 멀어져 갔다.

적인호가 사라진 혁련휘의 방.

혁련휘의 맞은편으로 부의민이 빠르게 다가왔다. 그가 다소 흥분된 목소리로 말했다.

"칠대천 중 하나라니 엄청난 아군을 얻었는데?"

"호들갑은."

들뜬 부의민과 달리 혁련휘는 침착했다.

사실 칠대천 중 하나인 마혈적가의 합류가 자신에게 큰 힘이 되어 줄 거라는 건 혁련휘 또한 잘 알고 있었다.

다만 생각보다 쉽게 그들 중 하나를 같은 편에 두게 된 것이 다소 신경에 걸렸다.

물론 그것이 좋은 일이 될지, 나쁜 일이 될지는 아직 알 수 없었지만 말이다.

혁련휘의 시선이 자신의 맞은편에 자리한 부의민에게로 향했다.

그가 입을 열었다.

"훈련은 잘하고 있어?"

"아, 물론이지. 환야 그 자식한테 얼마나 시달렸었는지, 실력이 안 늘 수가 없겠더라고."

불만스럽다는 듯이 투덜거리긴 했지만 그건 부의민의 성격일 뿐이다.

오히려 말을 내뱉는 부의민의 입가에는 미소가 걸렸다.

사실 요즘의 성취가 무척이나 마음에 들었다.

환야에게서 배우기 시작한 천살강기라는 무공을 완벽하게 펼치기 위해서는 한참은 남았겠지만 하루가 다르게 강해져 감을 느끼고 있다.

비단 천살강기뿐만이 아니라 여러 가지를 환야에게 배우며 부의민 또한 발전해 가고 있는 것이다.

환야에 대해 말을 꺼내던 부의민이 이내 씁쓸한 표정을 지어 보였다.

"물어볼 것도 있는데 저놈은 언제 일어날지 모르겠네."

쓰러진 환야에 대해 커다란 걱정을 하고 있는 부의민이

다.

생명의 지장도 없고, 낫기만 하면 무공을 쓰는 데도 별 문제가 없을 거라고는 하지만 아직까지 눈을 못 뜨고 있는 환야를 보고 있노라면 자신도 모르게 걱정이 될 수밖에 없다.

물론 그런 속내를 전혀 드러내지 않고 있지만 말이다.

환야에 대한 이야기에 혁련휘 또한 침묵한 채로 말없이 창밖을 바라만 보았다.

다친 상태의 환야를 보고 혁련휘가 느꼈던 분노는 엄청났다.

환야를 다치게 했다는 그 우치라는 자를 생각하며 혁련휘는 다짐했다.

'편하게 죽지는 못하게 해 주지.'

환야에게 손을 댔고, 어릴 적부터 달치를 괴롭혀 그에게 큰 공포를 심어 놓은 그 우치라는 존재. 그리고 이제는 비설을 노린다는 그자를 혁련휘는 애타게 찾고 있었다.

말없이 앉아 있는 두 사람이 있는 방에 갑작스럽게 비설의 목소리가 밀려들었다.

"형님!"

큰 외침과 함께 창문 쪽에서 고개를 들이민 비설의 행동에 부의민이 깜짝 놀란 듯이 주춤거렸다. 그가 버럭 소리쳤다.

"야! 멀쩡한 문 놔두고 왜 갑자기 거기로 고개를 들이밀어?"

"에이, 지금 그런 게 문제가 아니라고요. 빨리들 나오세요. 환야 아저씨가 눈을 떴어요."

"뭐? 환야가?"

부의민이 되묻고 있을 때였다.

아무런 대답도 없이 혁련휘가 의자를 밀고 자리에서 벌떡 일어났다. 그러고는 다른 누가 반응도 하기 전에 곧바로 자리를 박차고 환야가 있는 방으로 움직였다.

예상보다 빠른 혁련휘의 반응에 뒷모습만 멍하니 바라보던 부의민이 중얼거렸다.

"생각보다 엄청 걱정했나 보네."

저런 혁련휘의 모습은 또 처음이기에 부의민은 픽 하고 웃음을 흘렸다.

그러고는 이내 그 또한 곧바로 자리에서 일어나 환야가 있는 방으로 움직였다.

그렇게 세 사람이 순차적으로 환야가 있는 곳으로 도착했을 때였다.

문을 열고 들어온 혁련휘의 시선에 잡힌 건 침상에 누워 있는 환야의 모습이었다.

온몸이 엉망이고, 상태 또한 좋아 보이진 않지만…….

힘겹게 눈을 뜨고 있던 환야 또한 혁련휘를 발견했는지 억지로 웃으며 입을 열었다.

"다시는 못 보나 했는데…… 이렇게 다시 뵙게 되니 엄청 반갑네요, 대장."

"……쓸데없는 소리는."

혁련휘의 한마디에 환야는 그저 웃음으로 답했지만 이건 농담이 아니었다.

정신을 잃어 가는 와중에 다시는 혁련휘를 보지 못할지도 모른다고 생각했다.

그만큼 큰 부상이었던 탓이다.

그랬거늘 이렇게 살아서 눈을 뜨고 혁련휘를 보게 되니 기분이 묘했다.

어렵사리 눈을 뜨고 있는 환야의 옆에는 달치가 연신 박수를 쳐 대고 있었다.

"으엉, 환야 일어났다. 환야 살았다."

좋다고 방방 뛰는 달치였지만, 그의 눈가에서는 계속 눈물이 흘러내렸다.

자신을 구하기 위해 싸움에 끼어들었던 그를 위해 아무런 것도 하지 못했던 달치다.

그리고 그것에 대해 계속해서 죄책감을 느꼈던 달치는

환야가 일어나자 무척이나 기분이 좋아 보였다.

그런 그를 흘겨보며 환야가 힘겹게 말을 내뱉었다.

"귀청 떨어지겠다. 조용히 좀 해 인마."

환야가 그렇게 달치를 쏘아붙이고 있을 때, 뒤이어 입구를 통해 두 사람이 들어왔다.

비설과 부의민을 발견한 환야는 다시금 반갑게 인사를 건넸다.

"여, 다시 봐서 반갑다."

"이런 와중에도 여유 있는 척은."

부의민은 일어나 있는 환야를 보자 반가우면서도 괜히 속내를 감추려는 듯이 장난스럽게 말을 걸었다. 그런 부의민의 대답에도 환야는 그저 미소만 지어 보일 뿐이었다.

그런 환야의 시선이 이내 한쪽에 서 있는 비설에게로 향했다.

이곳에 있다가 환야가 깨어나는 걸 보고 곧바로 달려 나갔던 비설이다. 정신이 제대로 돌아오기도 전에 벌어진 일이라 환야는 그녀와 단 한 마디도 나누지 못했었다.

환야가 그녀의 이름을 불렀다.

"비설."

"네? 왜요? 뭐 필요하신 거라도 있어요?"

비설이 급히 다가오는 걸 보고 환야가 작게 고개를 저었다. 그가 입을 열었다.

"아니, 그런 게 아니라…… 그냥 고맙다고. 덕분에 살았다."

환야의 고맙다는 말에 비설이 웃으며 대꾸했다.

"제가 더 고맙죠. 살아 주셔서요."

"그치? 생각해 보면 그건 그래. 그런 부상을 당하고도 이렇게 살아난다는 게 쉬운 게 아닌데 말이야."

비설의 말에 환야가 곧바로 평상시처럼 장난스럽게 굴었다.

사실 환야는 입 한 번 뻥긋하기 어려웠다.

그럼에도 불구하고 이토록 유쾌해 보이게 계속해서 말을 하는 건 역시나 자신의 옆에 있는 이들의 걱정을 덜어 주기 위함이리라.

그리고 그런 환야의 속내를 모르는 이는 이곳에 없었다.

혁련휘가 퉁명스레 말했다.

"언제까지 이렇게 쉴 생각이냐?"

"왜요? 제가 해야 할 일이라도 있습니까? 필요하시면 당장에라도……."

억지로 몸을 일으키려는 환야를 혁련휘가 손으로 막았다.

그러고는 고개를 저으며 말했다.

"됐고, 몸이 회복될 때까지는 푹 쉬어. 오랜만에 받은 여가 시간이라 생각하고."

"이야, 이거 다치는 것도 제법 쏠쏠한데요?"

"좋아할 것 없어. 낫는 그 즉시 평소보다 몇 곱절로 굴릴 생각이니까."

혁련휘의 그 말에 환야가 기겁한 듯한 표정으로 말을 받았다.

"병상에 평생 누워 있어야겠는데요."

"네 성격에 좀이 쑤셔서 그게 되겠어?"

"뭐, 그건 그렇죠."

히죽 웃으며 환야가 대답했다.

힘에 겨웠는지 잠시 입을 닫은 채로 환야의 시선이 천천히 한 사람, 한 사람에게로 향했다.

이곳에 모인 네 사람.

다시는 보지 못할지도 모른다 생각했던 모두를 이렇게 보게 되자 하고 싶은 말이 너무나 많았다. 그렇지만 아쉽게도 환야에겐 그럴 힘이 남아 있지 않은 모양이다.

자꾸 감겨 오는 눈꺼풀을 이겨 내지 못하고 환야가 눈을 감은 채로 중얼거렸다.

"졸리네요. 좀 쉬겠습니다."

"그렇게 해."

들려오는 혁련휘의 무뚝뚝한 대답.

그렇지만 그 목소리 한편에 담겨 있는 자신에 대한 수많은 걱정이 느껴져서일까?

잠에 빠져드는 환야의 입가에는 미소가 걸려 있었다.

7장. 흑룡회

— 빠질 수야 없지

마교에는 오십 일에 한 번씩 최고의 권력을 지닌 이들이
모이는 집회가 있었다.

　일명 흑룡회(黑龍會)라 불리는 그 모임은 오랫동안 지속
되어져 왔던 집회였다.

　최상위층만 올 수 있는 자리이니만큼 집회에 참석할 자
격을 갖춘 이들은 몇 명 되지 않았다.

　교주와 소교주, 그리고 칠대천 정도가 그에 부합하는 정
도였다.

　허나 이 흑룡회라는 집회는 꽤나 오랜 시간 이루어지지
않았다.

혁무조가 병상에 누운 이후 점점 허울뿐인 집회가 된 것이다.

아무도 찾지 않는 집회.

그런 흑룡회가 오랜만에 열리게 됐다. 물론 그 자리에 혁무조는 없었다.

흑룡회라는 명분 아래에 모인 이들은 바로 칠대천들이었다.

며칠 전 흑랑방이 혁련휘의 손에 의해 찢겨져 나갔고, 그 일이 있은 직후 묵룡천가의 가주 천위극이 연락을 통해 모은 이들.

그냥 칠대천이 모인다고 한다면 뭔가 주변의 시선을 잡아끌 수 있었기에 천위극은 오래전부터 있던 이 집회를 이용했다.

그렇게 집회의 날짜에 맞춰 호출된 이들이 이곳 흑룡회라는 집회가 이루어지는 흑룡전에 모여들었다.

준비되어진 일곱 개의 의자.

그런데…….

집회에서 보자고 연락을 돌렸던 천위극은 불편한 시선으로 흑룡전 내부를 둘러봤다.

일곱 개의 의자 중에 주인이 있는 자리는 고작 네 개뿐이다.

무려 세 곳에서 흑룡회에 참석하지 않았다.

천위극이 빈자리를 노려보다 슬그머니 다른 쪽으로 시선을 돌렸다.

흑룡전에 모여든 다른 세 명.

혈뢰주가 가주 주석인, 신검백가 가주 백천기. 그리고 다른 한 명은 삼대방파의 하나인 백화방의 방주인 하약란(何若蘭)이라는 여인이었다.

백화방은 대대로 여인들이 주를 이루는 방파다.

사내들도 물론 포함되어 있지만, 대부분의 무공이 여인들이 익히기 좋은 음의 성질을 지닌 것들이다. 그리고 권력 승계 자체도 여인에게만 이어지는 독특한 방파가 바로 백화방이다.

오십이 훨씬 넘은 나이의 그녀였지만 하약란은 무척이나 단아해 보이는 외모의 소유자였다.

점잖아 보이는 옷차림의 하약란까지 눈으로 확인한 천위극이 슬그머니 입을 열었다.

"약속 시간이 지난 것 같은데……."

오늘 이곳에 오지 않은 건 마혈적가와 천룡신방, 그리고 큰 피해를 입은 흑랑방이다. 물론 흑랑방이 오지 못할 건 애초에 예상했던 바다.

흑랑방 방주를 비롯한 실세들 대부분이 나자빠진 지금

이곳에 참석할 자라면 마교가 아닌 외부에 나가 있던 몇몇 인물 정도인데 그들이 돌아올 정도의 시간적 여유가 없었으니까.

문제는 바로 다른 두 개의 세력들이다.

천위극의 언짢아 보이는 말투에서 속내를 읽었는지 백천기가 대답했다.

"천룡신방은 참석하기 힘든 사정이 있어 오늘 오지 못할 것 같다고 저에게 연락을 했었습니다, 천 가주님."

"그렇소? 뭐 그렇다면 할 말은 없습니다만……."

잠시 천룡신방의 방주가 있어야 했던 의자를 바라보던 천위극의 시선이 이내 나머지 한 곳인 마혈적가의 가주 적인호의 자리로 향했다.

천위극이 다른 세 명을 둘러보며 물었다.

"적 가주에게 연락받으신 분은 없습니까?"

천위극의 질문에 세 명 모두 고개를 저었다. 아무런 연락도 없이 이 자리에 불참했다는 사실을 전해 들은 천위극의 표정이 일그러졌다.

적인호는 예전부터 대체 무슨 생각을 하고 있는지 종잡을 수 없는 자였다.

허나 이 자리에 참석하지 않았다는 것만으로도 이미 어느 정도 그의 의중을 알 것 같기도 했다.

'결국…… 다시금 개가 되겠다 이건가?'

장담할 순 없지만 칠대천 중 하나인 마혈적가가 대공자의 편으로 돌아섰을 거라는 가능성을 배제할 순 없었다. 생각이 거기까지 미치자 천위극은 골치가 아파 왔다.

일곱 개의 세력, 그중에 하나는 혁련휘에게 당했고 하나는 그 아래로 들어간 거라면?

무려 두 개다.

하나가 흔들린다 해도 큰 문제인데 두 개나 한순간에 빠져나가는 건 그 의미가 다르다. 얼추 삼분지 일. 그리고 아주 만약에 그런 일로 인해 또 다른 하나가 대공자의 편으로 들어간다면…….

그때는 거의 절반 가까이가 대공자에게 갔다 해도 틀리지 않을 것이다.

그리고 이런 식으로 하나씩 사라진다는 것 자체가 다른 칠대천들을 흔들리게 하는 계기가 될 건 자명한 노릇.

마혈적가가 천위극의 부름을 무시하고 흑룡회에 오지 않았다는 게 뭘 의미하는지 모를 정도로 어리석은 이는 이 자리에 아무도 없었다.

그들 또한 말만 하지 않을 뿐이지 은연중에 마혈적가가 자신들의 반대편에 섰다는 사실을 느끼고 있었던 것이다.

주석인이 나지막한 목소리로 중얼거렸다.

"며칠 전에 적 가주가 대공자를 찾아갔다는 정보를 얻긴 했는데 설마……."

"무슨 사정이라도 있겠지요."

가라앉는 분위기가 싫었는지 하약란이 짧게 그들에 대한 이야기를 마무리 지었다.

천위극 또한 아직까지는 마혈적가에 대한 확실한 판단이 서지 않았기에 이야기를 자연스레 다른 쪽으로 넘겼다.

"바쁘신 분들이 이곳에 모이시느라 고생들 많으셨습니다."

"별말씀을 다 하십니다. 오랜만에 이리 모여 얼굴들을 뵙게 되니 저 또한 반갑기 그지없군요. 앞으로도 다들 여유 되시면 종종 이리 뵈면 참으로 좋겠습니다그려. 허허."

웃으며 말하는 주석인을 향해 다른 이들 또한 그렇다는 듯 끄덕이며 미소로 화답했지만 그 속까지 같을 린 없었다.

흑룡회라는 집회가 사라진 데에는 당연히 교주 혁무조의 부재가 가장 컸지만, 그게 전부는 아니었다.

칠대천들끼리도 서로가 서로를 잡아먹기 위해 안달이 났던 상황.

그런 상황에서 어찌 이런 집회를 유지하며 서로 친목을 도모할 수 있단 말인가.

이 안에서는 한동안 서로 얼굴을 보지 않을 정도로 사이가 좋지 않은 이들도 있었다.

그런 그들이 모일 수 있는 건 하나의 적.

대공자 혁련휘라는 존재 때문이었다.

공통의 적이 나타나자 이들은 오랫동안 등을 돌렸던 상대의 손을 다시금 마주 잡았다.

오랜만의 만남에 대해 반갑다는 듯 맘에도 없는 말들로 담소를 주고받던 이들의 대화가 서서히 잦아들고 있을 때였다.

기회를 엿보고 있던 천위극이 곧바로 본론을 꺼내어 들었다.

"허허, 그나저나 요즘 대공자님 때문에 본 교의 정세가 무척이나 어지러운 것 같습니다."

"그러게 말입니다. 대공자님이 워낙 이곳을 오래 떠나 있으셔서 그러신가, 아직 본 교의 돌아가는 분위기를 영 파악 못 하신 것 같더군요."

주석인이 기다렸다는 듯 말을 받았다.

칠대천 내부에서도 가장 큰 힘을 자랑하는 두 사람의 발언에 다른 둘은 가만히 이야기를 기다렸다.

천위극이 고개를 절레절레 저었다.

"아무리 흑랑방 방주의 아들이 그런 악행을 저질렀다 한들 오랫동안 마교를 지탱해 온 기둥 중 하나인 칠대천을 그리 대해서야 원."

"아무렴요. 순서가 틀렸지요. 잘못이 있었다면 정식으로 저희에게 절차를 밟고, 그 죄의 경중을 따져 적당한 벌을 내려야 옳은 법 아니겠습니까. 그냥 무작정 쳐들어가서 방주를 죽이다니요? 이 무슨 말도 안 되는……."

바로 그 순간.

"절차라. 언제부터 칠대천 따위에게 일일이 허락을 받아야 했지?"

주석인의 말을 자르고 들어오는 누군가의 목소리.

칠대천 중에서도 막강한 권력을 쥐고 흔드는 주석인의 입장에서는 자신의 말을 잘랐다는 사실에 기분이 나쁠 수도 있었다.

그렇지만 아니었다.

주석인은 기분이 나쁘다는 생각보다는 오히려 등골이 써늘해짐을 느꼈다.

뒤편에서 들려온 목소리에 주석인은 물론이거니와 여타의 다른 세 명의 시선 또한 그쪽으로 고개가 돌아갔다.

그리고 그곳은 흑룡전의 문 바로 바깥이었다.

끼이이이익.

커다란 흑룡전의 문을 양손으로 밀어젖히며 누군가가 성큼 안으로 걸어 들어왔다.

단 한 명의 사내, 그렇지만 그자가 등장하는 것만으로 모든 것이 변했다.

마치 왕인 것처럼 거만하게 앉아 있던 칠대천의 수장들이 놀라 자리에서 벌떡 일어났다.

그런 네 명을 마치 내려다보는 듯한 시선으로 깔아보는 사내.

지존이라는 말을 유일하게 붙일 수 있는 천하의 주인, 바로 혁무조였다.

그가 입가에 미소를 머금은 채로 모두와 마주하고 있었다.

"다들 이렇게 보는 게 얼마 만이지?"

"교주님을 뵙습니다!"

놀란 네 명이 황급히 정신을 차리고는 서둘러 부복했다.

무릎을 꿇은 채로 고개를 조아리는 그들을 가만히 내려다보던 혁무조가 천천히 걸음을 옮겼다.

그는 무릎을 꿇고 있는 그들을 지나쳐 가더니 이내 가장 중앙에 있는 곳에 기대어 앉았다.

갑작스러운 혁무조의 등장에 천위극은 당황할 수밖에 없었다.

'교주전 바깥으로 나오다니 대체…….'

교주 혁무조는 날이 갈수록 병약해졌고, 최근 이 년 정도는 그를 만나는 것조차 불가능했다.

쉽사리 거동조차 할 수 없다 알려진 그가 이렇게 교주전 바깥으로 직접 나올 거라고는 상상조차 하지 못했다.

분명 오늘내일한다는 정보를 교주전에 심어 둔 첩자로부터 매일 같이 보고받고 있었다.

그런데 자신이 아는 것과는 달리 지금 두 눈에 보이는 혁무조는 너무도 멀쩡해 보였다.

자리에 앉은 혁무조가 다리를 꼬며 입을 열었다.

"주석인."

"예, 예예?"

자신을 지목하는 혁무조의 목소리에 주석인은 자신도 모르게 벌떡 일어나며 소리쳤다. 다 죽어 가는 교주 따위 무서워할 게 뭐 있냐고 내심 큰소리쳐 왔거늘 그건 착각이었다.

혁무조와 마주하는 그 순간 주석인은 자신도 모를 공포에 젖어 뻣뻣하게 굳어 버렸다.

주석인은 자신을 응시하는 혁무조의 시선에 점점 얼굴이 굳어 갔다.

웃고는 있는데 눈빛은 싸늘하다.

혁무조가 그 상태로 입을 열었다.

"방금 뭐라고 했더라? 내 아들이 너희에게 허락을 받고

일을 진행해야 한다고 지껄였던가? 언제부터 마교의 법도
가 그리되었지?"

"그, 그것이 아니오라 대공자님께서 칠대천인 흑랑방 방
주를 그 자리에서 참하신 게 다소 과한 처사라 생각이 되
어……."

"그러니까 그걸 판단할 자격이 왜 너에게 있느냐 묻는
것이다. 네가 그리 대단한 자였던가? 절차 운운할 만큼?"

"……."

모욕적인 언사.

그렇지만 주석인은 대꾸조차 하지 못했다.

오랫동안 보지 않아서 잠시 잊고 있었다.

이 공포를, 그리고 교주 혁무조라는 사내의 존재감을.

주석인이 아무런 대꾸도 하지 못하자 혁무조의 시선이
다른 이들에게로 향했다.

그가 천천히 말을 꺼냈다.

"그따위 생각들을 해서 그런가. 요즘 들어 다들 엉망이
야."

혁무조의 말에 네 명 모두가 움찔했다.

엉망이라는 그 한마디가 이토록 무섭게 들릴 수 있다는
게 신기할 정도였다.

혁무조가 그 상황에서 말을 이어 나갔다.

"흑룡회를 소집할 거라면 나에게도 연락을 줬어야지. 안 그런가, 천위극? 흑룡회의 주인인 나를 빼고 너희들끼리만 모인다라……. 너희야말로 나를 업신여기고 절차를 무시하는 거라 여겨도 되겠지?"

"오해십니다. 요즘 몸이 많이 안 좋으시다 하여 연락을 드리려다 말았는데 제 과오였나 봅니다. 용서해 주시지요, 교주님."

말을 내뱉는 천위극은 살얼음판 위를 걷는 기분이었다.

발 한 번 삐끗하면 다시는 올라올 수 없는 깊은 얼음물 속으로 빠져 버리고야 말 것이다.

그러지 않기 위해 천위극은 극도로 긴장할 수밖에 없었다.

납작 엎드린 듯한 천위극의 말투에 혁무조가 가볍게 말을 이었다.

"아무리 몸이 안 좋아도 이리 오래된 친우들을 만나는 자리에 빠질 수야 있나."

"그리 기다리신 줄 모르고 제가 생각이 짧았습니다. 다시금 사죄드립니다."

천위극은 꼬투리를 잡히지 않기 위해서인지 다시금 예를 갖추며 사과했다.

그런 그를 내려다보던 혁무조 또한 무덤덤하니 대답했

다.

"알아주었으니 됐군. 앞으로는 이런 자리가 있다면 빠지지 말고 부르도록 해. 내 여유 닿는 대로 참석하도록 할 테니 말이야."

혁무조의 말에 천위극은 고개를 조아리면서 입술을 깨물었다.

지금 이 말이 의미하는 바가 무엇이겠는가?

칠대천의 모임, 그 자체를 막으려고 하는 것이다.

앞으로도 대놓고 이토록 모이려고 한다면 그때마다 자신이 올지도 모른다는 엄포.

이런 경고를 듣고 어찌 흑룡회의 이름을 걸고 이들을 모을 수 있겠냔 말이다.

그때 혁무조가 다시금 주석인을 불렀다.

"주석인."

"예, 교주님."

"아까 내가 한 질문에 대한 대답을 듣지 못한 것 같은데. 주제넘게 말한 걸로도 모자라 이제 내 말에 대답조차 하지 않겠다 이건가?"

"그것이 아니오라……."

절차에 관해서 운운했던 주석인의 얼굴이 새하얗게 질렸다.

대공자에 관련된 이야기에서 무슨 말을 한단 말인가. 어쩔 줄 몰라 하던 주석인, 그리고 그런 그를 바라보던 혁무조.

그리고 그 순간 혁무조가 벼락처럼 움직였다.

타앗.

순식간에 거리를 좁힌 혁무조의 신형이 주석인의 지척에 도달했다.

번쩍!

뻗어져 나간 주먹이 정확하게 주석인의 명치에 틀어박혔다. 그 순간 주먹과 주석인의 명치 사이부터 해서 맹렬한 기운이 사방으로 뿜어져 나갔다.

소맷자락이 펄럭였고, 주변에 있던 탁자와 의자들이 사정없이 밀려 나갔다. 그리고 그 주먹이 노렸던 당사자인 주석인은 그대로 나가떨어졌다.

흑룡전 한 곳으로 날아가 처박힌 그가 피를 토해 냈다.

"우웩!"

새카만 피를 토해 내는 주석인을 차갑게 내려다보며 혁무조가 말을 이었다.

"건방지게 굴었던 것에 대한 벌은 이걸로 대신하지."

"요, 용서해 주셔서 감사합니다."

주석인은 피를 토해 내는 와중에서도 그대로 머리를 조

아렸다.

혁무조의 민첩하면서도 파괴적인 움직임. 그 모습을 본 천위극은 다시금 자신이 아는 것이 사실인지 의심을 해야만 했다.

'정말 저게 죽어 가는 사내가 맞는 것인가?'

정보는 분명 확실했다.

그런데 대체 눈앞에 있는 이 현실을 어떻게 받아들여야 한단 말인가.

예전과 전혀 다름없는 저 강인한 기세나, 또 무공까지도.

천위극이 고민하는 사이 혁무조는 자신이 앉았던 곳으로 돌아가 의자에 다시금 자리했다.

그가 재미있다는 듯이 웃으며 말을 꺼냈다.

"다들 그리 떨어져 있으니 목이 아프군. 보기 쉽게 이 앞으로 와서 서도록 해."

혁무조의 명이 떨어지자 사방으로 퍼져 있던 그들이 급히 그의 앞에 와서 일렬로 섰다.

다리를 꼬고 앉은 혁무조의 앞에 일(一)자로 선 그들은 양손을 공손하게 모은 채로 고개조차 들지 못했다.

천위극은 굴욕스러웠다.

칠대천의 수장이자 절대십마의 하나인 자신이 흡사 벌을 받는 어린아이처럼 일렬로 선 채로 상대의 말을 기다리고

만 있다.

허나 그런 불만을 토해 내기엔 상대가 좋지 않았다.

혁무조는 천하에서 유일하게 천위극을 이렇게 만들 수 있는 힘을 지닌 자였으니까.

가까이에 네 명을 일렬로 세운 혁무조가 천천히 입을 열었다.

"내 아들에 대해 이야기를 하려고 모인 것 같은데 어디 지껄여들 보거라."

"……."

혁무조의 말에 네 사람은 당황한 듯 서로가 눈치만 살폈다.

그런 그들의 모습을 보며 웃고 있던 혁무조가 갑자기 짜증스러운 표정을 지어 보였다.

"뭐야? 내가 오기 전까지는 그리들 떠들어 대더니 갑자기 꿀 먹은 벙어리라도 된 건가. 아니면 방금 전 주석인처럼 내 말에 대답할 생각이 없기라도 한 거냐?"

혁무조의 이어지는 협박에도 모두가 선뜻 말을 꺼내지 못하고 있는 바로 그때였다.

멀쩡해 보이던 혁무조의 입술 끝이 씰룩였다.

자신의 건재함을 알리기 위해 일부러 내공을 사용해서 주석인에게 일격을 가했던 그다.

그리고 갑작스럽게 내공을 운용하자 속에서 피가 역류하고 있었다.

혁무조는 입술을 깨물었다.

피를 토하는 모습을 이들에게 보여선 안 된다.

이들은 늑대다.

자신이 상처 입은 걸 안다면 언제든지 달려와 물어뜯을 수 있는 그런 자들.

그런 자들에게 조금의 약점이라도 드러냈다가는 금방 먹잇감이 되어 버릴 테니까.

'망할 놈의 몸아, 조금만 더 버텨다오.'

시간이 많지 않다는 건 혁무조 본인이 가장 잘 알고 있었다.

이렇게 칠대천의 앞에 모습을 드러내고 호령하고 있지만 이것만 해도 엄청난 부담을 무릅쓰고 나타난 것이다.

하나의 이유 때문에.

그런 혁무조의 절절함 때문이었을까?

날뛰던 기혈이 급속도로 빠르게 안정되어 갔다. 혁무조가 다급히 입을 열었다.

"다들 눈치를 보는 모양인데, 뭐 좋아."

혁무조는 잠시 몸을 돌리는 척하며 소매로 입가를 가렸다.

그러고는 밀려 올라왔던 피를 억지로 삼켜 내고는 아무 일도 없었다는 듯이 손가락을 까닥거리며 말을 이었다.

"한 명씩 나와서 내 앞에서 보고해."

칠대천이 눈앞에 있는 지금, 혁무조는 계속해서 한 마리의 호랑이여야만 했다.

*　　　*　　　*

환야의 상태는 하루가 다르게 좋아졌다.

처음엔 죽도 제대로 넘기지 못했던 그가 지금은 매일 맛있는 걸 먹고 싶다고 노래를 불러 대고 있었다. 덕분에 죽어 나가는 건 다름 아닌 달치였다.

"달치야~ 이 형님이 달달한 팥죽이 먹고 싶구나."

"알았다. 달치 팥죽 구한다."

환야에게 미안했는지 달치는 요즘 들어 부쩍 그가 시키는 건 뭐든지 하고 있었다. 그리고 환야는 그런 달치를 이용해 손 하나 까딱 안 하면서 오랜만의 휴식을 즐기고 있었다.

달치가 달려 나가는 걸 보며 환야가 히죽 웃었다.

"이거 다치고 볼 일이네. 저놈이 내 말에 이렇게 껌뻑 죽는 걸 보면."

"너무 부려 먹는 거 아니에요?"

"야, 이 정도는 부려 먹어도 돼. 그리고 이게 얼마나 갈 거 같냐? 아마 내가 자리 털고 일어나면 그땐 언제 그랬냐 는 듯이 예전처럼 굴어 댈걸."

원래대로 돌아가기 전에 실컷 부려 먹겠다는 듯이 환야 가 비설에게 말했다.

그런 환야의 말에 비설이 고개를 절레절레 저을 때였다.

옆으로 다가왔던 부의민이 환야의 상태를 확인하고는 혀 를 내둘렀다.

"진짜 귀신같은 회복력이네. 이게 사람이 맞긴 하냐?"

"운이 좋았지 뭐."

환야의 회복력이 빠른 것도 사실이었지만 정말 큰 치명 상은 피했기 때문에 가능한 일이다.

환야가 침상에서 일어나더니 아무렇지 않게 몸을 틀었 다.

그러고는 이내 자신의 건재함을 알리기라도 하겠다는 듯 이 가볍게 땅을 박차고 허공에서 한 바퀴 회전을 하며 바닥 에 착지했다.

그렇지만 허공으로 도약하는 그 순간 문제가 벌어졌다.

덜컹.

팥죽을 가지러 가겠다며 나갔던 달치가 무슨 일인지 곧

바로 몸을 돌려 돌아왔던 것이다.

그리고 그 탓에 막 문을 연 달치의 눈에는 허공에서 한 바퀴 가볍게 회전해서 착지하는 환야의 모습이 들어왔다.

허공에서 달치와 눈이 마주쳤던 환야가 착지를 하고는 어색한 표정으로 슬그머니 침상으로 기어 들어갔다.

그러고는 그가 죽는소리를 내기 시작했다.

"아이고, 허리야. 멀쩡한가 보려 했는데 상태가 영 별로네."

일부러 벽 쪽으로 고개를 돌린 채로 환야는 들으라는 듯이 소리쳐 댔지만, 생각 외로 뒤에선 아무런 반응도 없었다.

환야가 궁금증을 못 참겠다는 듯 힐끔 뒤편을 바라봤을 때였다.

달치가 방 한쪽에 앉은 채로 물끄러미 환야를 응시하고 있었다. 그리고 그런 두 사람을 비설과 부의민 또한 웃으며 쳐다봤다.

환야가 조심스레 입을 열었다.

"팥죽 가지러 안 가냐?"

"환야가 가져다 먹어라."

달치가 입술을 댓 발 내밀고는 퉁명스레 말했다.

그런 그에게 환야가 괴로운 목소리로 말을 이었다.

"달치야. 이렇게 몸 안 좋은 내가 주방까지 어떻게 가서……."

"환야 멀쩡하다. 환야 눈앞에서 막 회전하고 했다. 달치 바보 아니다."

"쳇, 역시 안 속네."

말을 마친 환야는 자리에서 벌떡 일어나더니 침상 한편에 있는 주전자로 가서 물을 따라 마셨다. 그러고는 못내 아쉽다는 듯이 입맛을 다셨다.

"편하고 좋았는데 망했네. 다 부의민 너 때문이잖아."

"아니, 왜 나야?"

어처구니없다는 듯 부의민이 어깨를 으쓱하며 되물었다.

그렇지만 환야는 그런 부의민의 말에는 대답도 없이 물만 한 잔 더 들이켰다.

달치에게 더 심부름을 시킬 수 없다는 사실이 그만큼 씁쓸한 모양이었다.

물을 마신 환야가 침상으로 돌아오더니 길게 기지개를 켰다. 그러고는 이내 침상에 드러누운 채로 입을 열었다.

"으아, 가만히 박혀만 있으니 좀이 쑤시는데 뭐라도 하면 안 되나?"

"좀만 더 참아요. 의원님 말로는 아직 열흘은 더 쉬어야 완전히 회복될 거라 하셨어요."

"그거 돌팔이 아냐? 난 이렇게 멀쩡한데."

"그 돌팔이가 아저씨 살렸거든요?"

비설의 말에 환야는 할 말이 없는지 머리만 긁적였다.

좀이 쑤시는 것도 사실이긴 했지만 환야가 하루라도 빠르게 뭔가를 하고 싶어 하는 건 혁련휘 때문이었다.

이렇게 병상에만 있어야 하다 보니 자신이 맡아서 했던 모든 것들 또한 혁련휘가 도맡아야만 했다. 물론 개중에 일부는 부의민이 대신하긴 했지만, 환야가 했던 모든 걸 전부 맡을 수는 없었다.

환야가 하던 일까지 떠맡게 된 혁련휘는 요즘 따라 부쩍 바빠질 수밖에 없는 상황이었다.

그런 혁련휘를 보고 있노라면 환야는 한시라도 빨리 자리를 털고 일어나고 싶다는 생각만 들었다.

그때 환야가 걱정하고 있던 혁련휘가 모습을 드러냈다.

"왜 이렇게들 시끄러워?"

"주인, 환야 나쁘다. 환야가 달치 계속 부려 먹었는데 알고 보니 멀쩡하다. 막 공중회전도 한다."

기다렸다는 듯이 혁련휘에게 달라붙은 달치가 환야의 행동에 대해 미주알고주알 일러바쳤다.

환야가 억울하다는 듯 자신을 변호하기 바빴고, 그런 그들을 바라보며 비설은 창가에 기대어 섰다.

시원한 바람이 창을 통해 밀려들었다.

바깥으로 향한 비설의 시선이 흑풍에게 가서 닿았다. 하늘 높은 곳을 날고 있는 흑풍의 날갯짓을 그녀는 가만히 응시했다.

평화롭게 그 움직임을 바라만 보던 비설이 이내 몸을 일으켰다.

그녀가 혁련휘에게 다가갔다.

"형님, 저 잠시 나갔다가 올게요."

마교로 들어온 이후 비설은 예전처럼 쉽게 정파 측의 연락을 받지 못했다.

그랬기에 날짜를 정해 놓고 주기적으로 어느 장소로 가서 혹여나 무슨 일이 있을 경우 그곳을 통해 연락을 주고받는 형식을 취했다.

아직까지 별다른 소식이 날아온 경우는 없었지만 비설은 약속된 날에는 빠짐없이 그곳에 가곤 했다.

예전이라면 아무렇지 않게 고개를 끄덕였을 혁련휘지만……

"혼자?"

"네, 개인적인 용무라서요."

비설의 대답에 혁련휘는 그런 그녀를 가만히 응시했다.

뭔가 하고자 하는 목표가 있다는 건 잘 알고 있다. 그리고 그게 무엇인지도 혁련휘는 크게 관여하지 않았다.

동생의 복수에 방해될 거리는 절대 아닐 거라 생각했으니까.

그랬던 혁련휘가 비설이 나간다는 사실에 이토록 반응하는 건 다름 아닌 우치 때문이다.

우치가 비설을 노리고 있다.

혁련휘가 살짝 표정을 찡그리며 물었다.

"굳이 지금 나가야 되겠어? 그 우치라는 놈이 널 노린다는 걸 알잖아."

"멀리 가는 것도 아니고 그냥 마교 내부에 잠깐 들를 곳이 있는 건데요 뭘. 별일 있겠어요?"

"그놈을 어디서 만났는지 잊었어? 흑랑방에도 들어오던 놈인데 마교 어디라고 못 갈까."

"제가 이래 봬도 달리기 하나는 기가 차거든요. 위험해지면 곧바로 형님 부르면서 도망쳐 올 테니까 너무 걱정 안 하셔도 돼요."

비설이 걱정 말라는 듯 씩씩하게 말을 내뱉었다.

그런 비설의 모습에 혁련휘는 가볍게 고개를 저었다.

애초부터 자신이 말린다고 해서 순순히 그러겠다고 하지 않을 거라는 걸 알고 있던 혁련휘다.

알면서도 걱정이 됐기에 자신도 모르게 이 같은 말이 나온 것뿐이고.

혁련휘가 창밖으로 손을 흔들었다.

그러자 허공을 날던 흑풍이 기다렸다는 듯이 빠르게 낙하하여 창틀에 내려섰다.

갑작스럽게 흑풍을 호출한 혁련휘가 비설에게 말했다.

"흑풍하고 같이 가."

"에이, 그리 멀지 가지도 않는데 굳이……."

"같이 가라면 같이 가. 자꾸 토 달지 말고."

무뚝뚝하지만 혁련휘의 배려가 느껴졌기에 비설의 입가에 미소가 걸렸다.

결국 비설이 양손을 들고야 말았다.

"알았어요. 그럼 같이 다녀올게요."

비설의 승낙이 떨어지기 무섭게 혁련휘가 흑풍에게 말을 걸었다.

"부탁하지, 흑풍."

"끼익."

맘에 안 든다는 듯 비설을 힐끔거리던 흑풍이 갑자기 슬쩍 날더니 그녀의 어깨에 올라앉았다. 그런 흑풍의 행동에 비설이 다시금 신이 나게 웃었다.

"보라고요. 완전 잘 어울리죠?"

환야를 구해 내게 했던 그때처럼 자신의 어깨에 올라선

흑풍을 가리키며 비설이 다른 이들에게 자랑스레 이야기했다.

그런 그녀에게 환야가 손을 휘휘 저으며 말했다.

"됐으니까 빨리 갔다나 와. 괜히 밥 시간 놓쳤다고 투덜거리지 말고."

"누가 들으면 밥 못 먹고 죽은 귀신이라도 붙은 줄 알겠네요."

"어, 스스로가 아네. 맞아, 너한테 그런 귀신 붙었어. 그러니까 빨리 다녀오라고."

환야의 말에 비설은 억울하다는 표정을 지어 보였지만 이내 혁련휘를 바라보며 말했다.

"그럼 빨리 다녀올게요."

"……그래."

말을 마친 비설은 곧바로 방을 빠져나왔고, 그러기 무섭게 흑풍 또한 허공으로 훅 하고 날아올랐다.

흑풍이 떨어진 게 내심 아쉽긴 했지만 그래도 어깨에 매를 달고 다녔다가는 큰 주목을 받을 게 분명할 노릇.

정파의 비밀 연락을 받으러 가는 입장으로서 그 같은 경우는 피해야 했다.

비설이 잠시 하늘 위에 떠 있는 흑풍을 바라보다 이내 발걸음을 옮기기 시작했다.

그렇게 비설이 사라져 버린 방 안에서는 잠시 침묵이 감돌았다.

팔짱을 낀 채 자리에 앉은 혁련휘는 뭔가 잔뜩 신경이 쓰이는 표정으로 비설이 사라진 문가를 힐끔 바라봤다.

그런 혁련휘를 향해 환야가 조심스럽게 말을 걸었다.

"그냥 보내도 될까요?"

"흑풍이 있으니까 별일은 없을 거야."

"그건 알지만 상대가……."

환야가 뒷말을 삼켰다.

그런 환야를 향해 혁련휘가 여전히 문에 시선을 고정시킨 채로 중얼거렸다.

"쉽게 당할 녀석은 아니야. 그러니 믿어 보는 수밖에."

일전에 싸움에서 증명했듯이 설령 우치가 다시 온다고 해도 비설은 그리 만만한 상대가 아니다. 거기다가 흑풍도 있으니 무슨 일이 있으면 곧바로 혁련휘에게 연락이 올 터.

그건 알지만 혁련휘는 마음이 편치 않았다.

마음 같아서야 위험하니 가지 말라는 말을 몇 번이고 하고 싶었다.

그러나 비설을 그렇게 묶어 둘 수만은 없는 게 혁련휘의 입장이다.

자신을 따르는 다른 이들과 비설은 처한 위치가 다르다.

그녀는 자신만의 무언가를 가지고 혁련휘와 함께하고 있다.

자신이 동생의 복수를 하려는 것처럼 그녀 또한 그 뭔가를 위해 최선을 다하고 있다.

그래서 여태까지는 그냥 못 본 척했다.

그것이 답이라 생각했으니까.

그런데…… 어느 순간부터였을까? 점점 비설이 감추는 그게 무엇인지 알고 싶어졌다.

비설은 마교 내성을 벗어나 곧바로 외성의 한쪽으로 움직이고 있었다.

비설이 향한 곳은 외성의 번화가에 위치한 한 낡은 건물이었다.

번화가 뒷골목에 위치한 건물은 오랫동안 사람의 흔적이 없었는지 무척이나 허름해 보였다. 번화가와 맞닿아 있긴 하지만 워낙 은밀한 골목이다 보니 그리 많은 이들의 발걸음이 닿지 않는 곳.

비설이 잠겨 있는 건물의 문을 열고 안으로 걸어 들어갔다.

끼이익.

낡은 바닥이 자그마한 비명을 토해 냈고, 창문까지 모두 막아 버린 탓에 건물 안은 칠흑 같은 어둠에 휩싸여 있었다.

하지만 안력을 끌어 올리자 어둠에 감싸인 건물 내부가 훤히 들여다보이기 시작했다.

비설은 쓰러져 있는 탁자들을 피해 어딘가로 향했다.

그녀가 이내 발을 멈추어 선 곳은 건물의 한편에 위치한 탁자 하나가 엎어져 있는 장소였다. 비설이 슬그머니 그 탁자를 옆으로 밀었다.

그러고는 이내 바닥에 손을 가져다 대고는 천천히 그곳에 힘을 불어 넣었다.

그 순간 신기한 일이 벌어졌다.

툭.

벽면의 한쪽에서 자그마한 뭔가가 소리와 함께 열렸다.

바닥의 한 곳을 밀었던 그녀가 자리에서 일어나 소리가 난 벽 쪽으로 향했다.

그동안 몇 번이고 반복하며 확인했던 장소였기에 비설은 이 같은 행동이 낯설지 않았다.

매번 이렇게 이곳에 와서 북천회의 연락을 확인했지만 딱히 여길 통해 뭔가 명령을 전달받은 적은 없었기에 별다른 뭔가가 있을 거라 여기지도 않았다.

언제나처럼 그 열린 서랍 같은 틈 속으로 손을 밀어 넣었던 비설이 움찔했다.

항상 아무런 것도 없던 비밀 공간.

그런데…… 이번엔 다르다.

'뭔가가 있어.'

손에 닿는 꺼끌꺼끌한 감촉을 느끼며 비설은 천천히 그 뭔가를 끄집어냈다.

그것은 천에 쌓인 정체를 알 수 없는 물건이었다.

천에 감싸인 뭔가를 꺼낸 비설은 이내 그 위에 꼽혀져 있는 한 장의 서찰을 발견할 수 있었다.

비설이 급히 그 서찰을 뽑아서 펼쳤다.

서찰의 내용은 간단했다.

이(二)

두 번째를 뜻하는 글자 하나가 달랑 적힌 서찰. 비설은 혹시나 하는 얼굴로 황급히 손에 들린 물건을 감싸고 있는 천을 풀어 젖혔다.

뭔가를 감추려는 듯 쌓여져 있던 천이 이윽고 바닥으로 떨어져 내렸다.

그렇게 천이 사라지고 난 이후 모습을 드러낸 그 물건.

그건 다름 아닌 샛노란 색의 깃발이었다.

그리고 그 깃발의 한가운데 적힌 글자.

무림맹(武林盟)

비설이 환영학관에 이어 마교에 잠입하게 된 가장 큰 이유는 바로 정파 무림을 상징하는 세 가지의 물건인 삼천기를 회수하기 위함이다.

그 첫 번째인 천도인장은 이미 환영학관에서 회수를 한 상태였고, 다른 두 가지를 회수하기 위해 이곳 마교에까지 왔다.

그런 상황에서 날아든 이 깃발.

이건 바로 삼천기 중 하나인 정도기의 가품이었다. 그 가품을 손에 쥔 비설의 표정이 진지하게 변했다.

이 물건이 비설의 손에 들어왔다는 건 곧……

그녀에게 두 번째 임무가 떨어졌다는 걸 의미하는 것이었다.

8장. 정도기

— 충고는 안 들어요

비밀스럽게 감춰져 있던 가짜 정도기와 서찰을 발견한 비설이 두 번째 임무를 받은 사실을 자각하며 잠시 생각에 잠겨 있을 때였다.

　다가오는 기척을 느낀 비설은 재빠르게 비밀 서랍과 탁자를 원래대로 돌리고는 어둠 속에 몸을 감췄다.

　낡은 기둥 뒤로 몸을 감춘 그녀가 슬그머니 자미쌍검에 손을 가져다 댔다.

　그리고 이내 어두운 장소에 문이 열리며 일순 빛이 밀려들었다. 동시에 그 빛 속에서 걸어 들어오는 한 사내.

　사내가 문을 열고 걸어 들어오더니 이내 방금 전까지 비설이 있던 비밀 서랍이 있는 장소로 걸어 들어갔다.

은밀하니 기척을 감춘 비설이 있는 기둥의 옆쪽으로 상대가 지나쳐 갈 때였다.

비설은 얼굴을 알아볼 수 없게 한 손으로 자신의 입 부분을 가림과 동시에 자미쌍검을 뽑아 들었다.

스윽.

검이 정확하게 상대의 등 뒤에 닿았다.

비설이 낮게 깔린 목소리로 입을 열었다.

"얼굴 이쪽으로 돌려."

정체를 확인하기 위한 비설의 말에 상대가 반 정도 고개를 돌렸고, 상대의 얼굴을 확인한 그녀가 검을 내렸다.

익숙한 얼굴, 일전에 혁련휘의 일로 큰 싸움을 벌일 뻔한 대상인 유령밀부의 수장 남궁무였다.

당시 혁련휘에게 막말을 퍼붓던 그와 싸우려고까지 했던 비설이다.

그러던 차에 혁련휘가 나타나 오히려 싸움을 끝냈고, 그 탓에 그냥 그렇게 넘어가나 했는데 여기서 남궁무를 다시 만나게 된 것이다.

비설이 딱딱한 목소리로 물었다.

"그쪽이 여긴 무슨 일이죠?"

"날 세우지 말지. 나 또한 널 보는 게 그리 좋진 않으니까. 하필이면 마교 인근에 있는 게 나와 유령밀부 뿐이라 이렇게 다시 보게 됐군."

말을 마친 남궁무가 품 안에 있던 서찰 한 장을 꺼내 비설에게 툭 던졌다.

허공으로 날아드는 서찰을 비설은 재빠르게 잡아채고는 슬쩍 남궁무를 바라봤다.

긴 검상이 나 있는 남궁무의 입 부근이 꿈틀했다.

가볍게 던지는 것처럼 보였지만 적지 않은 내공을 실어서 날려 보냈다.

그걸 이처럼 가까운 거리에서 아무렇지 않게 받아 내다니…….

자신의 실력에 자신감이 충만한 남궁무의 입장에서는 썩 달갑지 않은 일이었다. 더군다나 비설은 자신보다 어렸고, 또 그리 좋은 관계를 유지하는 상대도 아니었으니까 말이다.

서찰을 받아 든 비설을 바라보며 남궁무가 비꼬듯 말했다.

"영약이 좋긴 좋은 모양이야. 어릴 때부터 그렇게 온갖 영약을 먹어 대서 그런지 내공이 보통이 아니군."

"시비 걸려고 오신 건가요? 그럼 이 서찰은 조금 있다 확인하고요."

비설은 지지 않고 남궁무의 말을 받아쳤다.

그런 그녀를 향해 그가 어깨를 으쓱해 보이고는 턱으로 서찰을 가리켰다. 남궁무와 길게 이야기를 섞고 싶지 않았던 비설이었기에 그녀는 이내 관심을 서찰로 돌렸다.

여러 겹으로 싸여 있는 서찰을 펼친 비설의 눈에 안에 적힌 내용들이 들어왔다. 몇 장으로 이루어진 서찰에는 갖가지 그림들과 뭔가를 설명하는 것들로 빼곡히 차 있었다.

비설이 입을 열었다.

"이건……."

"정도기가 있는 곳의 약도와, 그곳을 지키는 호위 병력들의 교대 시간과 이동 거리 등을 적어 둔 거다. 오랫동안 조사하여 알아낸 것이지만 어느 정도 선에서 오류가 있을 수 있다. 그리고 알아 둬야 할 건 정도기가 있는 내부는 확인하지 못했다는 거다. 뭐 그리 큰 공간은 아니니 그 정도는 네 임기응변으로 넘어가야 할 부분으로 보이는군. 별다른 뭔가도 없는 것으로 파악됐고 말이야."

"참고하죠."

비설은 고개를 끄덕이며 서찰을 품에 넣었다.

천도인장을 회수할 때는 큰 어려움 없이 일을 진행했다.

물론 빠져나가던 와중에 혁련휘에게 뒤를 잡히긴 했지만 그것 또한 별문제 없이 넘어갔다.

허나 이번 임무는 달랐다.

천도인장과는 달리 정도기를 회수하는 건 그리 간단한 문제가 아니었다.

보다 정확하고 은밀하게 움직여야 했다. 더군다나 이곳은 환영학관이 아닌 마교다.

실패했을 경우 더욱 위험해질 수 있다는 소리다.

비설이 고개를 들어 남궁무를 바라보며 짧게 말을 내뱉었다.

"더 줄 건 없으시죠?"

"왜? 뭐라도 더 받길 바라는 건가?"

"아뇨, 더 주실 거 없으면 이만 갈까 하고요."

비설이 퉁명스레 말했다.

그런 그녀를 향해 남궁무 또한 고개를 끄덕였다.

비설이 그를 스쳐 지나가며 중얼거렸다.

"가능하면 그쪽 말고 다른 분으로 좀 보내 달라고 전해 줘요."

말을 하며 입구로 다가가는 그녀를 향해 남궁무가 몸을 돌렸다. 그러고는 막 문을 열려는 비설을 향해 입을 열었다.

"전에 비슷한 이야기를 했던 것 같은데 다시금 이야기하지. 대공자와 거리를 둬라."

"그쪽이 저한테 명령할 권한이 있었던가요? 제가 당신보다 상관이라 생각하는데요."

"……"

비설의 말에 남궁무는 표정을 구긴 채로 잠시 침묵했다. 비설의 말대로다.

자신이 규율을 담당하는 유령밀부의 수장이었기에 이토록 비설에게 건방지게 굴긴 했지만 실제 서열을 보자면 그녀는 자신의 상관이다.

그런 그녀를 향해 남궁무가 재차 말했다.

"의미 없는 우정 놀이에 빠지는 우를 범하지 말라는 거다. 우정을 나눌 상대가 아니니까."

비설은 대꾸도 않고 문을 열기 위해 손잡이에 손을 가져다 댔다. 그런 그녀를 향해 남궁무가 재빠르게 말을 이었다.

"내 충고 하나 하지. 결국 넌……"

휘익!

날아든 하나의 비수 하나가 남궁무의 볼을 스치듯 지나갔다.

그리고 벽에 박힌 비수가 부르르 떨렸다.

비설의 눈은 사납게 변해 있었다. 볼을 타고 흐르는 피를 소매로 스윽 닦아 내는 남궁무를 향해 비설이 차갑게 말했다.

"난 당신한테서 충고 따위 들을 생각 없으니 굳이 하고 싶다면 그쪽 혼자 있을 때나 해요."

말을 마친 비설은 곧바로 문을 열고 바깥으로 걸어 나갔다.

그리고 그 어두운 장소에 혼자 남게 된 남궁무.

그가 입술을 깨문 채로 나지막이 중얼거렸다.

"……건방진."

* * *

비설이 비밀 장소에서 새로운 삼천기인 정도기에 대한 정보를 받아 온 지 사흘의 시간이 지났다. 그 시간 동안 비설은 틈날 때마다 그 서찰의 내용을 머리에 새겼다.

덕분에 비설은 자신이 가야 할 곳의 구조와, 그곳을 지키는 병력들에 대한 정확한 정보들을 머리에 새겨둘 수 있었다.

그럼에도 불구하고 비설은 쉽사리 움직이지 않았다.

'신중하게.'

정도기가 걸려 있는 곳은 다름 아닌 조가보(趙家堡)라는 곳이었다.

조가보는 바로 마교의 중요한 서류들이 모이는 장소로, 당연히 경비가 삼엄할 수밖에 없다.

마치 성처럼 겹겹이 쌓여 있는 외벽을 이용해 일차적으로 적을 막고, 그 내부는 호위 무사들이 철통처럼 지킨다.

그리고 중요한 서류를 관리하는 곳이니만큼 내부 곳곳엔 드나드는 이들을 감시하기 위한 고수들이 은신해 있는 곳.

그런 조가보 가장 안쪽에 위치한 장소에 정도기가 자리하고 있었다.

'외벽은 문제가 아닌데 말이야.'

높이도 높고 몇 겹이나 되긴 하지만 그 정도야 비설의 발목을 잡지 못할 것이다.

그곳을 지키는 무사들 또한 번거롭기는 하지만 교대 시간이나 움직이는 범위까지 북천회를 통해 전달받았다.

그리고 애초에 그게 없었다고 한들 비설 정도의 실력이라면 그런 자들의 눈을 속이고 들어가는 건 그리 어렵지 않았다.

다만 문제는 역시나 숨어서 지켜보는 눈들이다.

소란스럽게 들어갔다 나와도 된다면 별 걱정거리도 없겠지만 비설은 정도기를 아무도 몰래 훔쳐야만 하는 입장이었다.

일전에 천도인장 때와 마찬가지로 가품과 바꿔치기를 해

서 훔쳐 갔다는 사실조차 모르게 해야 이번 임무는 제대로 완성되는 것이다.

마지막 세 번째 삼천기인 백화보검의 회수를 위해서다.

그 전까진 결코 누군가가 삼천기를 훔치고 있다는 사실이 드러나선 안 된다.

'하아, 머리 아프네. 이번엔 또 어떻게 안 들키고 들어가나. 며칠 있으면 또 경비를 서는 자들의 구역이나 정해진 시간 같은 게 완전히 바뀐다던데……'

워낙 철통같이 지키는 곳이다 보니 지키는 무인들에게 주기적으로 이런저런 변화를 주는 듯했다.

주어진 시간이 그리 많지 않았기에, 비설은 조만간 움직일 계획이었다.

비설은 걱정이 됐는지 자신도 모르는 사이에 작게 한숨을 내쉬었다.

그렇게 비설이 침상에 앉아 고민에 잠겨 있는 사이, 그 맞은편에 있는 혁련휘와 환야가 이야기를 나누고 있었다.

혁련휘가 중얼거렸다.

"이상하군. 왜 아직도 칠대천이 아무런 움직임을 보이지 않는지 모르겠군."

"그러게요. 곧바로 모여서 작당 모의까지 한다고 했는데 이상할 정도로 잠잠하군요. 자기들의 무리 중 하나인 흑랑방을 그렇게 건드렸는데도 가만히 있을 종자들이 아닌데 말입니다."

대답을 하는 환야는 너무나 멀쩡해 보였다.

아직까지 내상이 모두 회복된 건 아니지만 겉보기에는 전혀 문제없어 보일 정도로 나아진 그였다.

혁련휘는 칠대천들끼리 모인다는 사실만 알았지, 그 자리에 혁무조가 나타났다는 것까진 알지 못했다.

그리고 그들 칠대천이 혁련휘에 대한 방책을 모색하기 위해 모였던 그 모임이 오히려 자신들이 혁무조에게 당하는 자리가 되어 버렸다는 것도.

칠대천이 움직이지 않는다는 사실이 다소 이상하긴 했지만 혁련휘는 크게 개의치 않았다.

혁련휘를 향해 환야가 궁금하다는 듯이 물었다.

"어떻게 하실 생각이십니까, 대장."

"뭐 별거 있나. 그쪽이 안 움직인다면…… 이쪽에서 치고 들어가는 수밖에."

"생각해 두신 거라도 있으십니까?"

"소집령을 다시 걸어 볼 생각이야."

소집령이라는 말에 환야가 움찔했다.

이곳 마교로 돌아오고 혁련휘는 수많은 이들에게 소집령을 내렸다.

그렇지만 그때 자리에 참석한 이들의 숫자는 그리 많지 않았다.

하물며 그 안에는 칠대천들 중 그 누구도 자리하지 않았다.

그렇지만 이번엔 다르다.

소집령을 내렸던 그때부터 지금까지 그리 길지 않은 시간 동안 혁련휘는 많은 일들을 벌였다. 소집령에 불응했던 이들 중 일부를 엄벌했고, 칠대천 중 하나인 흑랑방을 직접 쳤다.

거기다가 마혈적가는 휘하로 들어오기까지 했으니…….

똑같은 소집령이라 할지라도 그 무게가 다를 수밖에 없다.

"칠대천이 올까요?"

"상관없어. 그들이 오지 않는다 해도, 이미 동요하기 시작한 다른 이들이 그들과 같진 않을 테니까."

마교의 기둥은 칠대천이지만, 그들이 또한 마교의 전부는 아니다.

셀 수도 없이 많은 무인들이 모여 만들어 내는 곳. 그곳이 바로 마교다.

그 말은 곧 칠대천을 제외한 다른 여타의 중소 세력들 또한 규합하다 보면 결코 무시할 수 없는 수준이 된다는 거다.

그동안은 칠대천이 두려워 함부로 굴지 못했지만 이제는
상황이 조금씩 달라지고 있다.

한 무리를 이끌 수 있는 혁련휘라는 존재가 강하게 부각
되자, 그동안 뜻을 품었음에도 불구하고 참고 지내야만 했
던 이들의 입장에서는 기회가 찾아온 것과 다름없었다.

오랫동안 혁련휘의 옆을 지켜 왔던 환야였기에 긴 설명
을 해 주지 않았음에도 불구하고 그의 생각을 얼추 알 수
있었다.

환야가 씨익 웃으며 말을 받았다.

"소집령을 받아 든 그놈들 표정이 볼만하겠는데요."

"그러게. 못 봐서 아쉽군."

"아 참, 대장. 혹시 우치라는 그놈에 대해서는 뭐 정보가
없답니까?"

"아쉽게도."

혁련휘가 짧게 대꾸했다.

사실 칠대천의 일보다 더욱 신경 쓰는 건 자하도에서 나
온 그 우치라는 존재에 관해서였다. 혁리원의 죽음과 연관
된 그들이라는 존재를 알아내기 위해선 우치에 대한 정보
가 필수다.

그렇지만 세상의 모든 것을 안다 자부하는 비파월조차도

우치에 관한 아무런 정보도 가져오지 못했다.

그만큼 그들이 스스로의 정체를 완벽하게 감추고 있다는 걸 의미했다.

허나 아무리 조심했다 한들 결국 꼬리가 길면 밟히는 법.

혁련휘가 환야를 향해 말했다.

"놈들은 네 앞에 모습을 드러냈어. 그런 것들이 모여 결국 그들의 존재에 대해 뭔가 단서를 얻을 수 있을 거다."

혁련휘의 말에 고개를 끄덕이며 환야가 눈을 빛냈다. 우치에게 당했던 것이 생각났는지 환야가 살기 어린 목소리로 대답했다.

"빨리 좀 알아냈으면 좋겠네요. 그때 당한 거에 대한 복수도 해 줘야 돼서 말입니다."

정면 대결에선 깨끗하게 패했다.

그렇지만 그건 환야의 싸움 방식이 아니었다.

어둠 속에서 싸우는 것, 그것이 바로 환야가 익힌 무공이다.

그때는 달치를 지키기 위해 어쩔 수 없이 모습을 드러냈지만 이번엔 다를 것이다.

자신의 방식으로, 그렇게 우치와 싸울 생각이었다.

그렇게 스스로에게 다짐하듯 이를 갈던 환야의 시선에 이내 침상에 드러누운 채로 머리를 쥐어짜고 있는 비설의 모습이 들어왔다.

환야가 눈에 줬던 힘을 슬그머니 풀며 물었다.

"그런데 저 녀석 왜 저런답니까?"

"글쎄. 며칠 전부터 계속 저러더군."

사흘 전 갑자기 바깥으로 외출을 다녀온 이후로 비설은 뭔가 멍하니 있는 시간이 길어졌다.

분명 무슨 일인가가 있는 건 분명한데…….

혁련휘가 아무런 말도 없이 비설을 가만히 바라봤다.

그리고 이내 머리를 쥐어짜던 손을 풀며 자리에서 일어나는 비설을 보며 혁련휘 또한 시선을 돌렸다.

다리를 꼬고 앉아 있던 혁련휘가 앞에 놓여 있는 찻잔을 들어 올렸다.

그가 찻잔에 든 찻물을 마셨다.

비설의 눈동자에서 도는 강렬한 이채를 보며 혁련휘는 알 수 있었다.

'마음을 정했나 보네.'

단번에 그녀의 마음을 눈치챈 혁련휘가 찻잔을 홀짝였다.

*　　　*　　　*

휘영청 밝은 달의 그림자 뒤편으로 새카만 인영 하나가 툭 하니 떨어져 내렸다.

검은 무복에, 검은 복면으로 입 부분을 가린 인영의 정체는 바로 정도기를 회수하기 위해 움직인 비설이었다.

그녀는 자신의 존재를 완벽히 감춘 채로 높은 곳에 서서 주변을 살폈다.

높은 나무에 숨어 있으니 주변을 오고 가는 무인들의 모습이 한눈에 들어왔다.

'좋아, 계산대로 움직이고 있어.'

조가보 외부를 돌고 있는 병력들의 움직임이 비설이 며칠 동안 외워 왔던 그것과 정확히 일치한다. 잠시 호흡을 가누며 기회를 엿보던 비설의 눈동자가 갑자기 꿈틀했다.

'지금!'

오고 가는 무인들 틈으로 짧은 기회가 생기는 순간.

그리고 저 겹겹이 쌓인 벽들 안쪽으로 있을 감시의 인원들 또한 덩달아 멀리 있는 지금이 기회였다. 비설은 망설이지 않고 손을 휘둘렀다.

그러자 기다렸다는 듯이 소맷자락 안에서 가늘디가는 은색 실인 은룡사가 쏘아져 나갔다. 날아간 은룡사가 조가보 벽에 틀어박혔다.

가느다란 실이지만 엄청난 강도를 지닌 물건.

그랬기에 비설은 아무렇지 않게 그 실을 밟고 달려 나갔다.

타다닥.

허공을 나는 듯이 달려 나가던 그녀가 이내 조가보의 외벽 부근에 이르자 허리를 굽히며 박아 넣은 은룡사를 낚아챘다.

동시에 뽑혀져 나가는 은룡사를 밟으며 비설은 하늘 높이 도약했다.

스윽.

조가보를 지키고 있는 겹겹으로 된 벽을 단번에 뛰어넘은 비설은 착지하기 무섭게 바위 뒤로 모습을 감췄다.

그녀가 바위에 숨은 채로 주변의 움직임을 다시금 확인했다.

'일 차 침입은 성공했어.'

문제는 이제부터 이어져 있는 이곳이다.

조가보에 있는 정도기는 이 안에서도 중앙 부분에 위치한 곳에 자리하고 있다.

거기다가 꽤나 기다란 건물의 통로를 통과해야 한다는데…….

처음 와 보는 장소, 그렇지만 비설은 이곳의 지리를 북천회에서 건네받은 서찰을 통해 완벽하게 파악하고 있었다.

흡사 위에서 내려다보는 것처럼 비설의 머릿속에는 이곳의 구조와, 현재 조가보를 지키는 무인들의 위치가 그려지는 상태였다.

비설이 그리 멀지 않은 곳을 스쳐 지나가는 일련의 무리를 확인하면서 몸을 낮췄다.

'하나, 둘, 셋…….'

숫자를 세기 시작한 그녀가 마침내 스물일곱을 중얼거렸을 때다.

몸을 낮추고 있던 비설이 정확하게 다섯 걸음 만에 자신이 있던 장소를 차고 나갔다.

순식간에 안쪽으로 달려 들어가기 시작한 비설은 미리 머리에 새겨 두었던 장소로 달려가 재빠르게 몸을 감췄다.

얇은 벽에 기댄 채로 기척을 감추고 있는 비설이 슬쩍 안쪽을 확인했다.

예상대로 얼마 지나지 않아 무인들 몇 명이 태연한 얼굴로 그곳을 지나쳐 갔다.

철통같이 지키고 있긴 했지만 실제로 조가보 무인들의 얼굴에는 별다른 긴장감이 보이진 않았다.

마교 내성 한 곳에 위치한 이곳에 침입자가 생길 거라는 생각은 별로 들지 않았으니까.

더군다나 중요한 서류들이 모이는 곳이라고는 하지만 정

말 특급 기밀들은 상부에서 따로 처리가 된다.

그러니 이곳을 스쳐 지나가는 하루에도 수만 개가 넘는 서류들에 욕심을 가질 침입자는 없다 봐도 무방했다.

비설은 무인들이 지나쳐 가기 무섭게 그 뒤를 스치듯이 빠져나갔다.

바로 지척에서 움직이고 있음에도 불구하고 알아차리지 못하는 건, 그만큼 그들과 비설의 실력 차가 난다는 걸 뜻했다.

은밀하게 몇 개의 무리들을 더 피해 나간 비설의 시선이 멀지 않은 곳에 위치한 입구로 향했다.

이 정도의 거리라면 단 한 번의 도약만으로도 닿을 수 있는 거리.

그렇지만 비설은 움직이지 않았다.

가장 중요한 게 바로 이곳이다.

보이지 않는 곳에 숨어 이쪽을 응시하고 있는 이들. 쓰러트리고 들어간다면 일도 아니겠지만 그래선 흔적이 남는다.

'거리가 가까우니 필요한 시각은 찰나.'

잠깐 고개를 돌릴 정도의 시간만 주어진다면 비설은 목적지인 저 건물 내부로 잠입할 수 있을 것이다. 그리고 그러기 위해서 비설은 방금 전에 품에 회수했던 은룡사를 다시금 꺼내어 들었다.

그녀가 주변에 널브러져 있는 솔방울 몇 개를 은룡사에 슬며시 걸었다.

조금이라도 세게 잡아당기면 은룡사의 날카로움을 견뎌내지 못하고 솔방울이 잘려져 나갈 터. 혹시 모를 일에 대비해 잘려져 나가도 전혀 의심받지 않도록 비설은 솔방울의 끝을 걸었다.

그녀가 몸을 감춘 채로 솔방울이 달린 은룡사를 강하게 쏘아 보냈다.

타악!

나무에 솔방울이 부닥치는 그 순간 비설이 재빠르게 은룡사를 잡아당겼다. 그러자 꼭대기들을 자르며 빠르게 은룡사가 비설의 소맷자락 안으로 빨려 들어갔고, 그 순간 비설은 주변에 숨어 있는 이들이 움찔하는 걸 느꼈다.

그걸 눈치채는 순간 그녀는 망설이지 않았다.

어둠과 동화된 채로 비설의 몸이 앞으로 쏘아져 나갔다.

단 한 걸음에 바닥을 박차면서 치고 오른 그녀가 곧바로 목표했던 건물의 입구로 빨려 들어가듯 사라졌다.

소리가 난 쪽으로 시선이 돌아가는 그 짧은 틈을 놓치지 않고 건물 내부의 잠입에 성공한 것이다.

주변을 지키는 이들은 많았지만 각도에 따라 자신을 확

인할 수 있는 숫자가 달라진다. 그랬기에 비설은 최대한 적은 인원들만이 볼 수 있는 각도로 잠입을 펼쳤던 것이다.

잠시 시선을 속였고, 또한 설령 보고 있었다 한들 알아차리기 힘들 정도의 빠른 속도까지 겸해졌다.

혹시나 모를 일에 대비해 몸을 감춘 채로 바깥의 기척을 살폈지만…….

복면을 쓰고 있는 비설이 작게 고개를 끄덕였다.

그 누구도 움직이지 않고 있고, 별다른 동요도 느껴지지 않는다. 그 말은 곧 비설의 움직임이 그들에게 노출되지 않았음을 의미했다.

들통 나지 않았다는 걸 확인한 비설의 시선이 이내 전방으로 향했다. 긴 복도식으로 되어져 있는 길. 그리고 이 길이 끝나는 곳에 바로 정도기가 있다는 정보였다.

비설은 복면을 다시금 어루만지고는 천천히 한 걸음씩 나가기 시작했다.

거의 다 도착했지만 방심은 금물이다.

혹시 모를 함정을 대비하면서 비설은 조심스럽게 목적지를 향해 다가갔다.

긴 복도를 걷던 중 모습을 드러낸 세 개의 갈림길.

비설은 전해 들은 대로 곧바로 제일 왼편에 위치한 길로 들어섰다.

그렇게 한참을 길게 이어진 복도를 걷던 비설이 뭔가 이상한 점을 눈치챘다.

'생각보다 긴데.'

분명 긴 복도라는 건 알고 있었다. 허나 제아무리 발걸음을 늦췄다 해도 반 각 가까운 시간이 지났다. 이쯤이라면 그 끝이 보여야 했다.

그럼에도 불구하고 여전히 그 끝이 보이지 않는 긴 복도.

비설은 뭔가 이상하다 여겼는지 손가락으로 벽에 슬쩍 흔적을 남겼다.

그리고 그녀는 다시금 걸음을 옮겼다.

그렇게 다시금 걷기 시작하던 비설은 이내 놀라운 장면을 눈으로 목격해야 했다.

그녀의 눈앞에 나타난 건 다름 아닌 세 개의 갈림길이었다.

'설마……?'

갈림길이 다시금 모습을 드러냈다는 것 자체에서 뭔가 불길함을 느낀 비설이 다급히 왼쪽으로 들어섰다.

그리고 그렇게 안쪽으로 걸어 들어가 벽 쪽을 살피던 비설은 자그마한 흔적을 찾아낼 수 있었다.

그건 자신이 방금 전에 이곳에 남겼던 흔적과 동일했다.

비설의 안색이 굳어졌다.

'함정에 빠졌네.'

지금 자신이 계속해서 같은 공간을 돌고 있다는 사실을 눈치챈 비설은 황급히 주변을 둘러봤다. 이런 일이 벌어졌다는 건 곧 이 내부에 진법이 펼쳐져 있었다는 걸 말해 주고 있었다.

조가보를 지키는 최후의 방어선.

그건 바로 이 내부에 펼쳐져 있는 진법이었던 것이다.

문득 며칠 전에 만났던 남궁무가 했던 말이 떠올랐다.

이곳에 대한 정보를 주며 그는 호언장담했다.

'내부엔 별 게 없을 거라더니……'

비설이 곤란한 표정으로 벽면을 손바닥으로 쓸었다.

진법을 소리 소문 없이 빠져나가야 하는데 그게 쉽지가 않다.

'쉬운 진법은 아닌데. 파훼하는 데 시간이 좀 걸리겠어.'

진법에 관해서도 박식한 지식을 지닌 비설이니만큼 빠져나가는 것이 불가능한 건 아니었다.

다만 힘으로 파괴한다면 소란이 일 것은 당연했고, 이를 피하기 위해서는 결국 진법을 조용히 빠져나가야 한다는 말인데…… 문제는 지금 자신에겐 시간이 없다는 거다.

이 내부 쪽으로도 한 시진에 한 번씩은 순찰을 돌고 있고, 그때까지 진법을 빠져나가지 못한다면 비설은 꼼짝없이 정체가 들통 나게 될 것이다.

비설이 자신의 품 안에 숨겨 두었던 가짜 정도기를 강하게 움켜잡았다.

'얼마 안 남았었는데……'

비설은 입술을 깨물었다.

시간 안에 진을 파훼할 자신은 없다. 허나 그렇다고 해서 두 손 놓고 있을 수는 없는 노릇이 아닌가. 최악의 경우 진법을 힘으로라도 부수고 정도기를 회수해야 한다.

물론 그랬다가는 마지막 삼천기인 백화보검을 회수하는 게 몇 곱절은 어려워질지 모르지만 지금은 그런 걸 따질 수 있는 때가 아니었다.

비설이 빠른 걸음으로 앞으로 걸어 나갔다.

지금 이 진법 내부에서 가장 의심스러운 건 역시나 세 갈래의 갈림길이다.

진법의 특징을 파악하기 위해서는 그곳부터 파헤쳐야 했다.

걸음을 빠르게 한 비설은 곧바로 세 갈래의 갈림길에 도착할 수 있었다.

정면으로만 걷고 있거늘 같은 공간을 빙빙 도는 상황.

비설이 빠르게 세 갈래의 갈림길을 주의 깊게 바라보다 움찔했다.

그녀가 복면을 손으로 쓰윽 쓸어 올리며 천천히 몸을 뒤로 돌렸다.

자신만이 있는 진법 내부의 공간, 그런데 알 수 없는 뭔가가 느껴진다.

비설이 뒤편을 응시했다.

자신이 걸어온 길은 이미 어둠에 감싸여 있었다. 아무것도 보이지 않았지만 비설은 그 어둠을 강하게 노려봤다.

그리고 그런 비설의 시선에 무엇인가가 보이기 시작했다.

스윽.

어둠을 가르며 모습을 드러낸 건 한 명의 사내였다.

새카만 옷을 입은 너무나 빼어난 외모의 사내, 바로 혁련휘였다.

'……형님?'

복면을 하고 있는 비설의 눈동자가 잠시 커졌다가 사그라졌다.

이곳은 다름 아닌 진법 안이다.

그 말은 곧 이 안에 혁련휘가 있을 리가 없다는 걸 의미했다.

그러니 지금 눈앞에 보이는 혁련휘의 모습 또한 진법이 만들어 낸 환영이라는 판단이 섰다.

'침입자들이 도망치지 못하게 하기 위한 시간 끌기용 진법이라 생각했는데…….'

환영이 모습을 드러냈는데 그냥 아무런 일도 없을 리가 없다.

환영은 자신을 말로 혼란스럽게 해서 정신을 지배하거나, 아니면 직접 공격을 가해 죽이려 들 것이 분명했다.

비설이 혹시나 모를 들키는 상황에 대비해 자미쌍검을 대신해 가져온 평범한 쌍검 중 하나를 뽑아 들었다.

그녀가 나지막이 중얼거렸다.

"아무리 환영이라고는 해도 형님하고 싸우고 싶지는 않았는데 말이죠."

그 말에 반대편에 서 있던 혁련휘가 움찔했다.

그가 슬그머니 입을 열었다.

"싸우려고?"

"으아, 목소리까지 완전히 똑같네요. 아, 당연한 소린가?"

환영이라는 것 자체가 비설의 기억에서 끄집어내는 것이다.

당연히 비설이 아는 혁련휘가 완벽하게 구현되는 건 자연스러운 일이다.

혁련휘의 얼굴, 그리고 그의 목소리.

비록 환영이라고는 해도 그런 혁련휘와 싸우기 위해 마

주하고 있는 비설의 기분은 그리 유쾌하지 않았다.

비설이 손에 들린 검을 가슴 부근까지 올리며 말했다.

"시간이 별로 없어서요. 금방 끝낼게요."

"……."

혁련휘의 모습을 한 그 무엇인가가 비설을 가만히 바라봤다. 그 시선을 마주한 비설이 가볍게 고개를 도리질 쳤다.

'속으면 안 돼.'

혁련휘와 똑같은 모습인 것도 모자라 그의 행동 하나하나를 완벽하게 구현하는 상대. 허나 비설은 고민을 애써 머리에서 지웠다.

혁련휘가 이곳에 있을 이유가 없었으니까.

진법은 자신이 들어온 이후에 펼쳐졌을 것이다. 그런 상황에서 이곳에 혁련휘가 있다는 건 말이 되지 않았다.

비설의 생각은 틀린 게 아니었다.

진법이 이미 펼쳐진 상태에서 또 다른 누군가가 그곳으로 뒤따라 들어오는 건 말이 안 되는 소리였으니까.

허나, 비설이 생각하지 못한 게 하나 있었다.

그건 바로 이곳에 혁련휘가 먼저 와 있었을 때의 가정이었다.

만약 혁련휘가 비설보다 먼저 이곳에 와서 기다리고 있

다가 함께 진법에 빠졌다면?

비설이 그런 가정을 빼고 생각하는 건 당연했다.

이곳에 먼저 와 있다는 게 의미하는 건 하나였으니까.

혁련휘가 자신의 계획을 알고 있을 때.

삼천기를 노리고 오늘 움직일 거라는 걸 정확하게 알았을 때나 가능할 법한 가정이다.

그런데…… 그 말도 안 되는 일이 벌어져 있었다.

비설이 환영이라 여기고 있는 눈앞의 혁련휘는 가짜가 아니었다.

오늘 움직일 거라는 걸 미리 예측한 혁련휘는 이곳에서 비설을 기다리고 있었다.

천도인장을 훔쳐 가던 그때 혁련휘는 복면을 한 비설을 만났었고, 당시에 이미 그녀의 정체를 알아차렸었다.

알면서도 그저 모르는 척 아무런 말도 하지 않았을 뿐이고, 그녀가 다른 삼천기를 노릴 거라는 것도 어느 정도 예상하고 있었다.

그리고 그것이 오늘이 될 것이라는 것도.

혁련휘는 아무런 대답도 하지 않고 다가오는 비설을 응시했다.

'……보초들이 돌아오는 데까지 이각 정도 여유가 있겠군.'

비설은 언제나 실력을 감춰 왔다.

항상 이 정도겠구나 생각하면 그보다 더한 능력을 혁련휘에게 선보여 깜짝깜짝 놀라게 하기도 했다. 그녀가 실력을 숨기는 데에는 이유가 있다는 걸 알기에 캐묻진 않았다.

그렇지만 이젠 알고 싶었다.

비설이 어느 정도의 실력을 가졌는지, 또 자신의 옆에 있는 이유가 그저 삼천기의 회수를 위함인지도.

자신을 환영이라 생각하는 지금은 그런 그녀의 실력을 확인할 수 있는 절호의 기회였다.

혁련휘가 파멸혼이 들어 있는 도집을 말없이 들어 올렸다.

그가 짧게 말했다.

"와 봐. 진짜 네 실력 구경 좀 하지."

9장. 감춰 두었던 실력

— 아니죠?

혁련휘의 말에 비설은 잠시 고개를 갸웃했다.

진짜 실력을 구경해 보겠다는 말투가 뭔가 걸리긴 했지만 비설의 입장에선 혁련휘가 진짜일 거라 생각하긴 어려웠다.

그녀가 검 한 자루를 든 채로 혁련휘를 향해 달려들었다.

시간을 끌 수 없는 상황이었기에 비설은 자신이 지닌 뛰어난 무공을 곧바로 펼쳤다.

좌우를 지(之)자 형태로 왔다 갔다 하며 접근하는 비설. 그렇지만 그 움직임은 엄청나게 빠르면서도 신묘했다.

속도 변화가 자유자재로 이루어졌고, 그걸 바라보던 혁

련휘의 눈동자에도 이채가 일었다.

'무당파의 제운종?'

뛰어난 도약력을 지닌 제운종이었기에 혁련휘는 그녀의 다음 움직임을 예상했다.

그리고 그런 혁련휘의 생각대로 비설이 땅을 박차고 도약했다.

순식간에 거리를 좁혀 든 그녀의 검이 혁련휘를 향해 날아들었다.

파바바박!

갑자기 수십 개의 환영과도 같은 검날이 허공을 수놓았다. 동시에 밀려드는 진한 매화 향기.

이번엔 화산파의 이십사수매화검법이다.

파앙!

허공을 가르며 검이 쏘아져 나왔다.

혁련휘가 파멸혼이 든 도집으로 강하게 밀려드는 검날을 쳐 냈다.

카아앙!

그렇지만 비설의 검은 쉬이 물러나지 않았다.

집요할 정도로 끈질기게 혁련휘를 물고 늘어졌다. 그녀의 발이 빠르게 땅 위를 노닐었고, 손에 들린 검은 꼬리에 꼬리를 물었다.

휘익, 휙!

매화 향이 진하게 퍼져 나가며 혁련휘를 집어삼킬 듯이 검과 함께 밀려들었다.

그렇지만 혁련휘는 여전히 도집으로만 그런 비설의 공격을 받아 냈다.

물론 그녀가 지금 펼치는 무공이 진짜 화산파의 이십사수매화검법과 완벽하게 일치하는 건 아니다.

무공을 펼치기 위해서는 내공이 필요하다. 그리고 내공의 종류에 따라 사용할 수 있는 무공이 달라진다. 내공이 있다고 해서 아무 무공이나 사용할 수 없는 건 그 탓이다.

무당파의 제운종이나, 화산파의 이십사수매화검법 모두가 정순한 내공이 필요한 건 마찬가지지만 다른 심법에 기반한다.

그랬기에 비설은 그 모든 것을 자신이 지니고 있는 내공 심법을 기준으로 하여 적당한 변화를 주어 익힌 상태였다.

허나 그 틀은 변하지 않았기에 혁련휘는 곧바로 그녀가 펼치고 있는 모든 무공들을 알아볼 수 있었던 것이다.

비설의 밀려드는 검을 받아 내는 혁련휘의 시선은 그녀의 발로 향해 있었다.

빠르게 변화되어 가는 발의 움직임. 마구잡이로 걷는 것 같지만 그 안에는 분명 확실한 길과 강력한 힘이 담겨져 있다.

그리고 같은 무공이라 해도 보법을 어떻게 하느냐에 따라 위력은 천차만별로 바뀔 수밖에 없다.

'재미있군. 화산파의 이십사수매화검법을 개방의 취팔선보(醉八仙步)와 뒤섞어 쓰는 자를 상대하게 될 줄은 몰랐는데 말이야.'

있을 수 없는 상황을 눈으로 직면하는 혁련휘 또한 흥이 오르기 시작했다.

비설은 강하다.

그걸 알기에 혁련휘 또한 긴장을 풀지 않고 그녀와 상대하고 있었다.

재빠르게 휘몰아치는 검을 혁련휘가 뒤로 물러나며 받아내기만 하자, 이번엔 공격을 가하던 비설이 당황했다.

'쉽지 않은데?'

진법 안에서 만나게 되는 환영에도 종류가 많다.

그런데 이렇게 실력까지 빼다 박은 걸 보니 이 진법이 엄청나게 정교한 것이 분명하다고 비설은 생각했다.

한 자루의 검으론 도저히 안 되겠다 생각했는지 결국 그녀가 결단을 내렸다.

휘몰아치던 비설의 한 손이 그 와중에 갑자기 허리춤으로 향했다. 그리고 그 짧은 순간을 혁련휘 또한 놓치지 않았다.

그가 고개를 뒤로 휙 젖혔다.

동시에 방금 전까지 혁련휘의 얼굴이 있던 곳으로 검 한 자루가 허공을 베고 지나갔다.

공격을 피해 낸 혁련휘는 곧바로 내력이 모인 손바닥을 앞으로 뻗었다. 동시에 날아들던 검이 반발력으로 밀려 나갔다.

순식간에 뒤편으로 비설을 밀어낸 혁련휘가 자리를 잡은 그녀를 응시했다.

두 자루의 검을 들어 올린 비설의 기세가 아까와 사뭇 다르다.

혁련휘는 힐끔 자신의 손에 들린 파멸혼을 응시했다.

그리고 그 순간 비설이 다시금 달려들었다.

그녀의 두 자루의 검이 동시에 밀려왔다.

캉캉캉!

혁련휘가 도집에 감싸여 있는 파멸혼을 이리저리 흔들며 그녀의 검을 받아 냈다.

'빠르군.'

거기다가 날카롭다.

반격을 하려고 해도 그 기회를 주지 않을 정도로 민첩하게 이어지는 공격. 그리고 순간 그녀의 검이 태극을 그리기 시작했다.

스윽.

태극검법이 곧바로 비설의 손에서 쏟아져 나왔다. 혁련
휘가 재빠르게 그 공격을 받아 냄과 동시에 강하게 위에서
아래로 찍듯이 내려쳤다.

그 공격을 비설은 어깨에 검 하나를 올려 둔 채로 가볍게
받아 냈다.

그러고는 남아 있는 한 손에 들린 검으로 혁련휘를 노리
고 치고 들어왔다.

피잇.

날카롭게 스쳐 지나간 검이 혁련휘의 옷깃을 베고 지나
갔다.

그리고 공격은 거기서 끝이 아니었다.

비설의 검이 사방에서 밀려들었다.

동시에 그녀의 등 주변으로 천천히 자색의 기운이 꿈틀
거리기 시작했다.

그 기운을 확인한 혁련휘의 눈이 평소보다 조금 커졌다.

'설마?'

자색 기운을 보는 순간 떠오른 건 화산파의 비전무공인
자하신공이었다.

장문인에게만 전수되어진다는 화산파 최고의 내공심법.

그리고 혁련휘의 예상은 틀리지 않았다.

비설의 몸에서 뿜어져 나오기 시작한 자색 기운이 그녀의 검을 집어삼켰다.

검기에서 연신 뿜어져 나오기 시작한 자색 검기가 날카롭게 밀려들었다.

번쩍!

결국 빈틈을 헤집듯이 파고드는 비설의 검.

혁련휘는 결단을 내려야만 했다.

스르릉! 팟!

빠져나오는 소리와 동시에 파멸혼이 그 새카만 도신의 모습을 드러냈다.

그리고 그 순간 파멸혼과 충돌한 비설의 검이 흔들렸다.

파멸혼을 반쯤 뽑은 채로 공격을 받아 낸 혁련휘와 마주한 비설이 웃으며 중얼거렸다.

"이제야 뽑았네요. 하지만 자하신공은 검기보다 다른 걸 더 조심해야죠."

"······!"

자하신공을 펼치게 되면 자연스레 장력이 엄청날 정도로 상승한다. 그리고 비설이 말하는 게 뭔지 혁련휘 또한 곧바로 알아차렸다.

자색 기운이 손바닥을 타고 뿜어져 나왔다.

빠아앙!

꿍음과 함께 장력이 터져 나왔다.

동시에 주변으로 자색의 기운이 큰 원을 그리며 쏟아져 나갔다. 그리고 그 자색 기운이 혁련휘 또한 집어삼켰다.

비설은 그 충격파에서 빠져나오기 위해 파멸혼과 맞닿아 있는 자신의 검을 재빨리 밀치며 뒤로 거리를 벌렸다.

엄청난 힘이 폭발하며 주변의 모든 것들이 일순 일렁거렸다.

자하신공을 이용해 엄청난 장력을 쏟아 냈던 비설이 먼지가 잔뜩 흩날리는 와중에 기침을 토해 냈다.

"콜록, 콜록. 아무리 진법 안이라 해도 생각보다 너무 소란스러웠나?"

바깥에서 이 엄청난 힘이 느껴졌다면 제법 거리가 떨어져 있다 한들 그자들이 알아차렸을지도 모른다. 그럼에도 불구하고 비설은 강한 공격을 펼쳤어야만 했다.

여기서 시간이 더 끌린다면 보초들이 올 것이고, 그리된다면 어차피 정체가 들통 나게 된다.

그렇게 될 바에야 차라리 강한 힘을 쏟아 부어 환영을 제압하고, 이 진법을 파훼할 방도를 찾는 게 낫다 여겼다.

바깥으로 들렸을 가능성은 절반 정도.

그렇지만 이대로 시간이 끌렸다가는 무조건 실패였으니

까.

비설의 걱정스러운 말에 흙먼지가 가득 이는 공간 너머
에서 생각지도 못한 대답이 흘러나왔다.

"걱정 안 해도 돼. 소리까지 완벽히 차단하는 진법이니
까."

들려오는 혁련휘의 목소리에 비설은 당황했다. 그리고
이내 먼지 속에서 혁련휘가 파멸혼을 든 채로 성큼 걸어 나
왔다.

너무도 멀쩡한 모습을 본 비설이 자신의 손바닥을 내려
다봤다.

분명 제대로 힘을 쏟아 부었던 것 같은데…….

"아무리 환영이라고 해도 너무 질기네요."

중얼거리는 비설이 자신에 손에 들린 검의 상태를 확인
했다.

아까 전에 파멸혼과 맞닿고 내력을 쏟아 부을 때 느끼긴
했지만 검 상태는 엉망이었다.

실금이 가기 시작한 검, 이미 더 견뎌 낼 수 있는 상태가
아니다.

비설은 생각했다.

'시간이 그리 없어.'

결국 이대로 진법에 빠진 채로 적에게 당하느냐, 그게 아

니라면 들통이 난다고 해도 억지로 진법을 깨고 나가느냐의 선택만이 남았을 뿐이다.

그렇다면 결과는 뻔하지 않은가.

남은 하나의 회수가 어려워질지언정, 이곳에서 잡힐 순 없다.

북천회를 위해서도, 그리고…… 혁련휘를 위해서라도.

'내가 잡히면 형님이 곤란해져.'

삼천기를 노리는 정파 무인을 수하로 데리고 있었다는 사실이 밝혀진다면 칠대천들이 그냥 넘어갈 리 없다.

이걸 기회 삼아 닦달할 것이고, 어떻게든 혁련휘에게는 피해가 갈 수밖에 없었다.

자신이 혁련휘에게 피해를 준다는 건 비설로서는 상상도 하고 싶지 않은 일이었다.

그에게 도움이 될지언정 짐이 되고 싶지는 않다.

그것이 비설의 솔직한 심정이었다.

비설이 손에 들려 있던 두 자루의 쌍검을 바닥에 휙 하고 내던졌다.

대신해서 그녀의 손바닥에는 강맹한 기운이 몰려들기 시작했다.

개방 최강의 무공.

강룡십팔장이다.

비설의 손바닥에 몰려들기 시작한 강룡십팔장의 맹렬한 기운이 터질 듯이 꿈틀거렸다.

강기를 넘어서는 장력이라고까지 일컬어지는 개방 최강의 무공인 강룡십팔장은 그저 힘만으로도 진법을 찢을 가능성까지 지닌 무공이다.

'속전속결로 끝내야 해.'

결단을 내렸기에 비설은 최고의 위력을 가진 무공인 강룡십팔장을 펼치려 하고 있었다.

그리고 그 모습을 본 혁련휘의 얼굴에도 이채가 서렸다.

'강룡십팔장까지?'

정파의 무공은 정순한 것만큼 완벽해지기 위해서는 많은 시간이 걸린다. 그런데 비설은 정파를 대표하는 수도 없이 많은 무공들을 익혔다.

그것도 완벽에 가까울 정도로 말이다.

늙은 노고수라 할지라도 불가능한 그 모든 걸 가진 여인.

저토록 젊은 여인이 이 같은 것들을 지니기 위해서는 대체 어떠한 길을 걸어와야 가능한 것일까?

혁련휘가 비설의 말도 안 되는 무공들을 몸으로 체감하며 지켜보는 사이 이미 모든 준비가 끝난 그녀가 움직이기 시작했다.

타다닥!

싸움을 끝내기 위해 재빠르게 달려들던 비설의 눈에 혁련휘의 얼굴이 들어왔다.

이상하게 약해지려는 마음을 그녀는 애써 입술을 깨물며 참아 냈다.

진짜가 아닌 환영일지언정 강룡십팔장에 맞은 채로 죽어 가는 혁련휘를 본다는 상상 하나만으로도 마음이 아려 왔으니까.

'하필이면 왜 형님의 얼굴을 해선…….'

그렇지만 가짜 때문에 진짜 혁련휘를 곤란하게 할 수는 없는 노릇.

비설은 생각했다.

저건 가짜라고.

눈에 보이는 저 혁련휘의 모습은 그저 환영에 불과할 뿐이라고 말이다.

순식간에 거리가 좁혀졌고, 비설은 그대로 강룡십팔장을 혁련휘의 얼굴을 향해 휘둘렀다.

맹렬한 기운을 지닌 그녀의 손바닥이 막 혁련휘의 얼굴을 박살 낼 듯이 날아가고 있을 때였다.

흠칫.

자신을 바라보는 혁련휘의 시선을 마주하는 그 짧은 찰나.

파앙!

비설은 손바닥을 비틂과 동시에 반대편 손으로 강룡십팔장에 휩싸여 있던 팔뚝을 쳐 냈다.

그런 그녀의 행동 덕분에 가까스로 얼굴을 향해 날아들던 손바닥의 방향이 비틀렸다.

비설의 손이 혁련휘의 얼굴 옆으로 스쳐 지나가며 이내 강룡십팔장이 허공을 향해 쏘아져 나갔다.

쿠와아앙!

허공에서 밀려드는 거대한 폭음, 그리고 이어지는 지진이 난 듯한 떨림까지.

하늘에서는 흡사 눈을 연상케 하는 새하얀 먼지가 연신 떨어져 내렸다.

먼지로 만들어진 눈을 맞으며 그 상태 그대로 마주한 두 사람.

비설과 혁련휘의 몸은 닿아 있었다.

손날이 혁련휘의 볼에 닿은 채로 멈추어진 상태. 그것은 흡사 시간이 정지된 것과도 같아 보였다.

새하얗게 쏟아져 내리는 먼지들 사이로 비설은 혁련휘를 올려다보고 있었다.

맞닿아 있는 그 상태에서 비설이 떨리는 목소리로 입을 열었다.

"환영이…… 아니죠?"

그녀의 질문.

그리고 그런 물음에 혁련휘가 짧게 대답했다.

"맞아. 난 진짜야."

평소와 전혀 다를 것 없어 보이는 혁련휘의 대답에 비설은 화가 치솟았다.

"어쩌려고 가만히 있으셨어요? 제가 공격을 안 멈추고 그대로 형님 얼굴에 이 장력을 쏟아 부었다면……."

상상하는 것만으로도 눈물이 핑 도는지 비설이 강하게 입술을 깨물었다.

그녀가 화가 난 건 다른 이유 때문이 아니었다.

피하지 않았으니까.

지금 비설에겐 혁련휘가 왜 이곳에 있었는지 따위는 중요치 않았다.

그가 죽을 뻔했다는 사실만이 그녀를 화나게 만들었다.

흥분한 듯 말을 내뱉는 비설을 향해 혁련휘가 오히려 질책하듯이 말했다.

"손은 왜 거뒀어. 만약 내가 환영이었으면 네가 죽었어."

"지금 형님이 제 걱정하실 때예요?"

비설이 어처구니없다는 듯이 받아쳤다.

진짜 혁련휘였다면 자신의 강룡십팔장을 피해 냈을 것이다.

그런데도 불구하고 가만히 서서 공격을 받으려 했던 혁련휘의 행동이 이해가 가지 않았다.

물론 혁련휘는 애초에 풍신갑을 이용해 비설의 공격을 받아 내려고 했다.

전신 내력을 모두 쥐어짰다면 모를까 적당한 선에서 조절하며 공격을 펼쳤던 비설의 강룡십팔장은 풍신갑만으로도 받아 낼 수 있다 여겼으니까.

화가 나 있는 비설을 향해 혁련휘가 도리어 물었다.

"그나저나 용케도 알아차렸군. 환영이라고 굳게 믿고 있는 것 같더니 그 짧은 사이에 갑자기 돌변할 줄은 몰랐거든. 대체 어떻게 안 거지?"

"그거야……."

비설은 대답할 수 없었다.

어떻게 알았냐고?

모르겠다.

그냥 눈을 마주하는 순간 직감적으로 느꼈던 것뿐이니까.

새카만 눈동자, 그건 언제나 보아 왔던 혁련휘의 것이었고 자신을 바라보는 그 시선에서 왠지 모를 감정을 느꼈다.

그 짧은 찰나에 느낀 감정이 틀렸다면 혁련휘의 말대로 비설이 위험해졌을 것이다.

이토록 지척으로 파고들면서 휘둘렀던 공격을 옆으로 흘린다는 건 곧 목숨을 내주겠다는 말과 다를 바 없었으니까.

목숨이 위험할 수 있다는 사실을 비설이 모를 리 없었다. 그럼에도 불구하고 비설은 자신의 공격을 옆으로 흘린 것이다.

설령 그것이 착오일지도 모를 상황을 각오하면서까지.

비설은 알고야 말았다.

자신이 얼마나 혁련휘를 생각하는지, 또 얼마나 그를 위하고 있는지를.

자신의 목숨을 내걸면서까지 그런 말도 안 되는 모험을 저질렀다는 것만으로도 이미 모든 것이 충분히 설명되는 상황이었다.

가깝다고 생각했다.

소중한 사람이라는 것도 알았다.

그런데…… 그 감정이 자신이 생각했던 것보다 커도 너무나 컸던 모양이다. 스스로가 죽을지언정 지켜 주고 싶을 정도로.

혁련휘는 아무런 대답도 하지 못하는 비설을 가만히 바라보다 이내 가까이 있는 그녀를 향해 손을 뻗었다.

그의 손이 비설의 입 부분을 가리고 있던 새카만 복면의 끝을 잡아당겼다.

그렇게 드러난 비설의 맨 얼굴.

비설이 놀란 얼굴로 혁련휘를 올려다봤다.

생각해 보니 여태까지 자신은 복면으로 얼굴을 가리고 있었다. 그럼에도 불구하고 혁련휘는 자신을 아는 듯이 이야기했다는 사실도 눈치챘다.

너무 경황이 없어 자신이 복면으로 얼굴을 감추고 있었다는 사실조차도 잊고 있었다.

처음 만났을 때 작게 중얼거렸던 것을 제하고는 딱히 형님이라는 말도 꺼내지 않았거늘…….

비설이 혁련휘를 향해 조심스레 물었다.

"대체 여길 어떻게 오신 거예요? 진법 안으로는 어떻게 들어오신 거고요."

"미리 와 있었으니까. 너보다 먼저 이곳에."

"형님이 왜 조가보에 계신 건데요?"

비설의 궁금하다는 질문에 혁련휘가 잠시 침묵하다 이내 말을 받았다.

"네가 이곳에 올 걸 알았으니까."

"아셨다고요?"

되묻는 그녀를 바라보던 혁련휘가 품에서 뭔가를 꺼내어

들었다. 그러고는 그 물건을 확인한 비설의 얼굴이 당황스러움으로 물들었다.

혁련휘의 손에 들린 건 비설이 노리고 잠입한 정도기였다.

당황한 그녀를 향해 혁련휘가 쥐고 있던 정도기를 획 하고 던졌다.

얼결에 정도기를 건네받은 비설을 향해 혁련휘가 말했다.

"네 목표가 이거잖아."

혁련휘의 아무렇지 않게 내뱉는 그 한마디에 비설은 까무러칠 정도로 놀랐다. 혁련휘에게 삼천기에 관해서는 입한 번 열어 본 적이 없는데 그 같은 사실을 어찌 안단 말인가.

발뺌을 해야 했다.

정도기를 노리고 온 게 아니라고 말이다.

그렇지만 확신에 찬 혁련휘의 목소리는 흔들림이 없었고, 그런 그의 성격을 비설은 너무나 잘 알았다.

자신이 무슨 말을 한다 한들 그게 혁련휘의 생각을 바꿀수 있다 여기지 않았다. 거기다가 정도기가 아니라면 자신이 이곳으로 잠입해 들어온 것에 대해 어떠한 핑계를 댄단말인가.

더군다나 그 사실을 알고 뭔가를 하려 했다면 굳이 이렇게 자신이 직접 와 있을 필요도 없었다.

　대공자인 혁련휘가 자신을 막고자 했다면 여기까지 잠입하는 것조차도 불가능했을 것이다.

　그럼에도 불구하고 혁련휘는 그러지 않았다.

　아니, 오히려 정도기를 가지고 있다가 자신에게 건네기까지 했다.

　더는 감출 수 없다 여겼는지 그녀가 정도기를 쥔 채로 빠르게 물었다.

　"그걸 형님이 어떻게……."

　"천도인장, 그때도 우린 만났었지."

　"설마…… 그때 알아보셨던 겁니까?"

　"바보도 아니고 그걸 모를까."

　앞뒤 정황상 의심할 만한 대상은 비설밖에 없었다. 더군다나 오랜 시간 함께 지내며 겪은 그녀의 실력은, 그런 혁련휘의 예상이 틀리지 않았음을 뒷받침하는 증거가 되었다.

　비설은 혁련휘의 말을 들으면서 더 의아할 수밖에 없었다.

　그렇다면 혁련휘는 다 알면서도 자신과 함께했고, 또 마교까지 데리고 왔다는 건데…….

"그걸 아셨으면서 대체 왜 절 데리고 마교에 오신 거죠?"

"······상관없었으니까."

"네?"

"네가 삼천기를 노리든, 또 다른 무엇을 노리든 나에게 중요치 않았으니까."

놀란 얼굴로 서 있는 비설과는 달리 혁련휘는 무덤덤하니 말을 이었다.

비설은 지금 이 사실을 알았지만 혁련휘는 오래전부터 알아 왔던 일이다. 그랬기에 별달리 놀랄 것도 없었다.

복면을 벗은 채로 자신을 올려다보고 있는 비설을 향해 혁련휘가 속내를 밝혔다.

"······사실 이번에도 나설 생각은 없었다."

"그런데 왜 나서신 건데요?"

되묻던 비설이 설마 하는 표정으로 혁련휘를 바라봤다. 그가 나타날 때 언제나 이유는 하나였다.

비설이 위험에 빠졌을 때.

이번에도 마찬가지였다.

비설이 진법을 알지 못하고 내부로 들어오자 혁련휘 또한 모습을 드러냈던 것이다.

혁련휘가 말했다.

"움직이는 걸 보아하니 이곳 조가보에 숨겨져 있는 진법에 대해 모르는 것 같더군. 그냥 모르는 척해 주려 했는데…… 그래서 나섰다."

말을 내뱉던 혁련휘가 뭔가를 느꼈는지 잠시 멈칫했다. 그가 말을 이었다.

"아무래도 이것에 대한 대화는 나중으로 미뤄야겠군. 곧 보초를 서는 놈들이 올 시간이라서 말이야."

혁련휘는 곧바로 비설을 지나쳐 가더니 세 갈래 갈림길의 앞에 섰다. 그러고는 아무렇지 않게 발로 뭔가를 툭툭 건드렸다.

그 순간 놀랍게도 주변의 모습이 회오리에 휩싸인 듯이 쓸려 나갔다.

그리고 이내 드러난 광경.

진법이 사라지자 그제야 비설은 제대로 된 세 갈림길 앞에 서 있을 수 있었다.

환영에서 벗어나자 비설은 갑자기 조급해졌다.

혁련휘의 말대로 시간이 없었기에 그 전에 어떻게든 자신이 가지고 온 가품을 진짜 정도기가 있던 장소에 걸어 두어야만 했다.

그 순간 혁련휘가 비설을 향해 손을 내밀었다.

"가품."

"네?"

"가품 가지고 있는 거 아냐? 진품을 훔치고 그 자리를 그냥 비워 둘 생각은 아니었잖아."

"아, 그렇긴 한데⋯⋯."

어떻게 알았는지 당황하면서도 비설은 황급히 품에 있는 가짜 정도기를 혁련휘의 손에 들려 줬다.

그러자 혁련휘는 건네받은 가품을 손에 꽉 움켜쥐더니 이내 내공을 실어 한쪽으로 휙 하니 던져 버렸다.

내공을 실어 던진 가짜 정도기는 곧바로 길 끝 쪽에 있는 어딘가로 날아가 걸렸다. 허공섭물이라는 고강한 경지를 이용해 멀리 떨어진 곳에 너무도 수월하게 깃발을 걸어 버린 것이다.

혁련휘의 도움으로 순식간에 뒤처리까지 끝낸 비설이 황급히 어딘가로 움직이려 할 때였다.

혁련휘가 비설의 손을 잡아챘다.

"숨어서 나갈 필요 없어. 그냥 따라와."

"예? 이곳에서 정체가 드러나면⋯⋯."

"너, 내가 누군지 잊은 거냐?"

비설이 눈을 크게 뜬 채로 자신에게 다가온 혁련휘를 바라봤다.

왜 모르겠는가?

자신이 형님이라 부르는 존재. 언제나 위험할 때면 어디가 됐든 간에 나타나 주는 사람. 그리고 천하의 주인이라 일컬어지는 마교의 대공자이기까지 한 이 사내를.

비설이 힘겹게 말을 이었다.

"제 형님이시고 또…… 마교의 대공자시죠."

"맞아. 난 바로 대공자야. 그리고 그 말은 곧 내가 바로 이곳의 주인이라는 걸 의미하지."

은밀하게 도망쳐야 할 이유가 없다.

이곳은 마교고, 그리고 혁련휘는 마교의 대공자였으니까.

그런 그가 마교 내부에서 갈 수 없는 곳은 아무 데도 없었다.

그리고 그건 조가보 또한 마찬가지였다.

비설의 손을 잡은 채로 혁련휘가 앞으로 걸어 나갔다. 그리고 그런 그의 뒤를 비설은 쫓아 걸을 수밖에 없었다.

그 순간 비설이 잠입해 왔던 장소의 문이 열리며 일련의 보초들이 모습을 드러냈다.

그들은 안에 있는 두 사람을 발견하고는 황급히 달려왔다.

그들의 등장.

그렇지만 혁련휘는 전혀 흔들리지 않았다.

오히려 비설의 손을 더 강하게 쥔 채로 자그마한 목소리로 말했다.

"내 뒤에만 있어. 계속 지켜 줄 테니까."

지켜 줄 것이다.

마교의 대공자로, 그리고 그녀의 형님으로.

*   *   *

"대체 이 야밤에 어디들 간 거지."

환야가 이해가 안 간다는 듯 빈방을 보며 중얼거렸다. 늦은 밤 아무런 말도 없이 혁련휘와 비설 둘이 사라졌다.

환야가 불만스레 투덜거렸다.

"쯧쯧, 이런 야심한 밤에 남녀가 어디서 뭘 하는지 원."

생각해 보면 이런 방에 남녀가 단둘이 있는 게 더 위험해 보이긴 했지만 환야는 두 사람이 자신만 빼놓고 사라진 게 영 마음에 안 드는 모양이었다.

작게 투덜거리던 환야가 이내 표적을 바꿨다.

"심심한데 부의민이나 괴롭히면서 시간 좀 보내야 하나."

끔찍한 생각을 하면서 환야가 다가오는 것도 모르고 부의민은 연습에 한창이었다.

그렇게 부의민이 있는 곳으로 가기 위해 막 혁련휘의 방에서 내려와 섰던 환야다. 웃는 얼굴로 막 몸을 돌리고 몇 걸음 나아가던 그가 갑자기 발을 멈추어 섰다.

우뚝 선 그가 차가운 목소리로 입을 열었다.

"누구냐."

돌아오는 대답은 없었다.

하지만 환야는 그 상태에서 몸을 돌려 뒤편을 바라보며 여전히 싸늘한 목소리로 말을 이었다.

"이미 알아차렸으니 그만 모습을 드러내지?"

"……많이 컸네. 그냥 스쳐 지나갔으면 못 알아볼 정도로."

들려온 가녀린 여인의 목소리에 환야가 살짝 표정을 찡그렸다.

마치 자신을 안다는 듯한 어투. 그리고 귀에 익은 목소리다.

중원으로 나와 알게 된 여자라고는 비설이 전부일 정도로 여인하고는 딱히 아무런 인연이 없던 환야다.

그런 그였기에 자신을 안다는 듯한 정체불명의 여인의 말투에 의아해할 수밖에 없었다.

환야가 픽 웃으며 받아쳤다.

"누군데 친한 척이야? 숨어 있지 말고 당장 나와서……."

말을 내뱉던 환야의 목소리가 점점 작아졌다.

그리고 동시에 비웃는 듯했던 얼굴도 딱딱하게 굳었다.

어두운 하늘 위편에서 뚝 떨어진 한 호리호리한 옷차림의 여인.

단발이 묘하게 잘 어울렸고, 청아하고 곱상해 보이는 얼굴.

환야는 이 여인을 너무도 잘 알았다.

너무나 그리워서, 언제나 보고 싶어서 꿈에서조차 만나기를 그토록 바랐던 사람.

환야가 떨리는 목소리로 입을 열었다.

"누님……."

유영인, 그녀였다.

10장. 유영인
— 살아 있었던 거야?

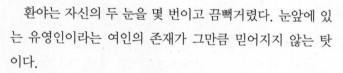

　환야는 자신의 두 눈을 몇 번이고 끔뻑거렸다. 눈앞에 있
는 유영인이라는 여인의 존재가 그만큼 믿어지지 않는 탓
이다.

　십 년이 넘는 긴 세월을 떨어져 지냈다. 그리고 이렇게
다시 만나게 된 두 사람의 사이엔 묘한 분위기가 감돌았다.

　유영인을 멍하니 바라보던 환야가 힘겹게 입을 열었다.

　"······살아 있었던 거야?"

　"꼬맹이. 잘 지냈어?"

　"지금 그 말이 나와?"

　대답을 하는 환야의 목소리는 다소 거칠어져 있었다.

유영인, 그녀는 환야에게 무척이나 특별한 존재였다. 어릴 때부터 같이 자라 온 유영인은 환야에게 친누나와도 같았다.

환야는 유영인과 만나기 전의 어릴 적 기억이 잘 나지 않았다.

그가 생각나는 가장 마지막 기억은 피 묻은 누군가의 손을 잡은 채로 울고 있던 자신의 모습이다. 그리고 그게 누군지는 사실 잘 모르겠다.

그저 막연하게 어머니가 아닐까 생각하고 있는 정도니까.

죽어 버린 여인의 손을 쥔 채로 울고 있던 환야. 그런 그의 뒤에 나타났던, 마찬가지로 어렸던 한 여자아이.

그녀가 바로 유영인이었다.

유영인은 울고 있는 환야에게 가지고 있던 먹을 걸 건넸다.

환야는 그것을 허겁지겁 먹고는 뒤돌아서서 걸어가는 그녀의 뒤를 쫓았다.

그리고 유영인은 그런 환야를 밀어내지 않았다.

오히려 말없이 환야가 자신의 뒤를 따라올 수 있게끔 했고, 그 이후부터는 줄곧 함께 지내게 됐다.

그러던 그녀가 십 년이 넘는 시간이 지나고 갑자기 사라졌다.

죽었다 생각했다.

갑자기 자하도에서 사라진 그녀를 찾기 위해 환야는 다른 구역에 들어가는 위험까지 불사했다. 그 탓에 죽을 뻔한 고비를 넘기기도 했을 정도로 환야는 유영인을 찾아 헤맸다.

그렇게 수년을 헤매다 내린 결론은 하나였다.

그녀가 죽었다고.

자하도에서 죽음이란 그리 특별한 게 아니었다. 어제까지만 해도 옆자리를 지켜 오던 누군가가 오늘은 차가운 시체가 되는 일이 빈번한 곳.

그 사실을 인정하는 게 쉽진 않았지만 결국 환야는 유영인의 죽음을 받아들였다.

그런데…… 그렇게 생각했던 그녀가 살아 있었다.

반가움과 동시에 화가 치밀었다.

환야가 말을 내뱉었다.

"대체 뭐야? 내가 누님을 찾기 위해 자하도에서 얼마나 힘들게 찾아 헤맸는데 대체 어떻게 이곳에 있는 건데?"

"너도 나왔잖아. 그보다 조금 빠르게 나도 나온 것뿐이야."

"그럼 나한테 말은 했어야지. 나갈 방도가 있다고. 왜?

내가 따라 나오겠다고 하는 게 곤란하기라도 했던 건가?"

"……."

섭섭하다는 듯한 환야의 말투에 유영인은 아무런 말도
하지 않았다.

그저 알 수 없는 표정을 지은 채로 그를 바라만 볼 뿐이
었다.

그런 유영인의 태도에 환야는 더욱 화가 났다.

그녀는 환야에게 친누이와 다를 게 없는 존재였다. 어릴
때 옆을 지켜 줬던 사람, 그리고 아무도 없었던 환야에게
가족의 정이라는 걸 느끼게 해 줬던 사람이기도 했으니까.

그리고 지금 환야라는 이 이름.

이 이름을 지어 준 것 또한 바로 유영인이었다.

그 정도로 모든 걸 함께했던 사이.

그랬기에 그녀가 사라졌을 때 그만큼 많이 마음이 아팠
고, 이렇게 아무렇지 않게 마주하게 되자 그때의 감정이 기
억이 나서 화가 나는 것이다.

"무슨 말이라도 해 봐! 대체 왜 누님이 여기에 있고, 또
왜 아무런 말도 없이 자하도에서 날 두고 떠났는지……."

"넌 어렸으니까."

"뭐?"

"자하도를 나올 방도가 있었어도, 네가 그걸 버텨 낼 거

라 장담할 수 없었거든. 그래서 내가 먼저 나온 거야. 말을 하지 못하고 나온 건 당시에 그래야만 하는 사정이 있어서 였고. 그리고…… 그 모든 걸 끝마치면 그때 널 데리러 가려 했어. 이건 진심이야."

유영인은 자신의 짧은 머리를 가볍게 귀 뒤로 넘기며 씁쓸한 표정을 지어 보였다.

지금 한 말은 거짓이 아니었다.

금방 끝날 거라 생각했던 일, 허나 거사는 그리 간단치 않았다.

중원으로 나오게 되고 제법 긴 시간이 흘렀거늘 이제야 목표했던 것이 조금씩 다가오는 느낌이다. 그러던 차에 환야의 소식을 전해 들었고, 그 또한 자하도에서 나왔다는 사실을 알자마자 이렇게 달려온 유영인이었다.

반가웠다.

그렇지만 그 반가움과 함께 걱정 또한 밀려들었다.

유영인이 환야의 모습을 가만히 바라봤다.

우치에게 당했다는 말을 듣고 크게 걱정했거늘 다행히 생명에 지장은 전혀 없어 보이는 모습을 보고는 몰래 돌아가려 했던 그녀다.

그렇지만 그런 유영인의 은신을 환야가 알아차렸던 것이다.

유영인이 천천히 입을 열었다.

"환야."

그녀의 입에서 수십 년 만에 불리는 자신의 이름.

환야라는 이름을 지어 준 그녀가 자신을 부르자 그가 움찔하고 바라보고만 있을 때였다.

그녀가 말을 이었다.

"자하도로 돌아가."

"……왜?"

"이번 싸움 너는 못 이겨. 그러니까 여기 있다가 죽지 말고 자하도로 돌아가. 모든 일이 끝나면 원래 계획대로 내가 널 데리러 갈 테니까."

"하, 하하! 이곳에 누님이 나타난 걸 보고 혹시나 했는데…… 설마 그 우치라는 놈하고 한편이야?"

처음 유영인이 모습을 드러냈을 때 커다란 충격을 받았고, 이내 자연스레 우치를 떠올리게 됐다. 그 또한 자하도에서 나왔던 자니까.

그 누구도 들어올 수도, 나갈 수도 없다 알려졌던 금지 자하도.

자신 또한 혁련휘가 없었다면 그곳에서 나올 방도를 알지 못했으리라.

그렇지만 그런 자신보다 먼저 자하도에서 사라졌다는 것

을 알게 된 우치라는 존재.

그리고 그와 비슷하게 사라진 유영인까지.

둘이 연관되어지는 건 당연스러운 일이었다.

환야의 질문에 유영인이 숨기지 않고 고개를 끄덕였다.

"맞아."

"대체…… 무슨 짓을 하려는 거야?"

환야는 이해가 가지 않았다.

자신이 아는 유영인은 결코 우치와 같은 작자와 어울릴 인물이 아니었다.

허나 그랬던 그녀가 우치와 함께 뭔가를 꾸미고 있단다.

환야의 질문에 유영인은 자신의 손을 내려다봤다.

여인의 손이지만 상처가 가득하다.

그런 자신의 자그마한 주먹을 꽉 쥐며 유영인이 시선을 들어 환야를 바라봤다.

어두운 밤, 둘 사이에 차가운 바람 한 줄기만이 밀리듯 사라져 나갔다.

유영인이 입을 열었다.

"새로운 세상을 만들 거야."

"새로운 세상?"

"응. 너나 나처럼 고통받는 아이가 없는 그런 세상. 모두가 행복할 수 있고, 어린아이들이 맘껏 행복하게 살 수 있는 그런 세상 말이야."

말을 내뱉는 유영인의 얼굴은 딱딱하게 굳어 있었다. 그런 그녀를 보고 있는 환야는 이상하게 마음이 아파 왔다.

유영인이 꿈꾸는 세상.

그것은 환야와 함께 어릴 때부터 이야기하곤 하던 그러한 세상이었으니까. 자신들 같은 불쌍한 아이가 없는 세상이 있었으면 좋겠다 말하던 어릴 때의 자신이 떠오른다.

하지만…….

환야는 작게 고개를 저었다.

세상이 아무리 바뀌어도 결국 모두가 행복해진다는 건 이상에 가까운 이야기다. 아무리 좋은 세상이 온다 한들 결국 누군가는 불행하고, 슬플 수밖에 없는 게 인생이라는 거다.

"그건 이상에 불과해."

"아니, 힘이 있다면 가능해."

"그래도 결국 누군가는 불행해져."

"그 힘이 어중간해서야. 지금 마교의 교주 혁무조처럼."

환야의 말에 유영인이 곧바로 반박했다. 그러고는 이내 그녀가 말을 이었다.

"어중간한 힘이 아닌 절대적인 하나의 구심점. 그 하나로 인해 돌아가는 세상, 그렇게 모든 걸 지배할 수 있는 절대자가 있다면 세상은 하나의 규칙으로 돌아가게 되지. 그리고 그를 어기는 자는 그 어떠한 이유를 막론하고 처단할거야. 절대적인 힘의 통치. 그 아래에서 사람들은 안정된행복을 찾을 수 있을 거고."

유영인의 말을 듣고만 있던 환야가 착잡한 목소리로 입을 열었다.

"많은 사람이 죽을 거야."

"상관없어. 어차피 우리의 앞길을 막는 놈은 모조리 악당이니까. 그런 놈들은 죽어도 상관없어. 어차피 대의를이룩하기 위해선 그만한 피해 또한 감수해야 하는 법이니까."

"누님!"

환야가 버럭 소리쳤다.

행복한 세상을 만든다는 이념은 나쁘지 않다 여겼다.

그렇지만 과연 그게 누구를 위한 행복인가?

그리고 또 많은 사람을 죽여서 얻는 그것이 진정한 행복일까?

유영인은 무척이나 착한 여인이었다.

자하도에 어울리지 않는 따뜻하고, 심성이 고운 그런 여인.

허나 십 년이라는 시간은 한 사람을 바꿔 놓는 데 충분히

긴 시간이었던 모양이다.

많은 이들을 죽여 새로운 세상을 만들겠다는, 예전이라면 상상도 못 할 말을 내뱉는 유영인의 모습은 이상할 정도로 낯설었다.

그 순간 유영인이 환야의 이름을 다시금 불렀다.

"환야."

"……?"

"새로운 세상을 만드는 거에 네가 힘을 함께해 줬으면 좋겠어. 하지만 만약 내 편이 될 수 없다면…… 개입하지 말아 줘. 그리고 아까 말한 것처럼 자하도로 돌아갔다가 내가 만든 새로운 세상에 웃으며 걸어 나오기만 하면 돼. 어려운 거 아니잖아?"

유영인의 말에 환야는 잠시 입을 닫았다.

어찌 유영인을 돕고 싶지 않을 수 있겠는가.

어릴 때 자신이 죽지 않은 것 또한 유영인 덕분이고, 수많은 시간을 함께해 온 혈육과도 같은 존재인 그녀를 말이다.

허나 환야는 돕겠다는 말이 쉬이 떨어지지 않았다.

그가 긴 고민 끝에 슬며시 입을 열었다.

"……만약에 말이야."

"응?"

"만약에 내가 둘 다 싫다고 하면 어떻게 되는 거지? 누님의 편으로 들어가지도, 이대로 숨어서 그런 세상을 만들어 가는 걸 보고만 있지도 않겠다면 말이야."

말을 내뱉은 환야가 진지한 눈빛으로 유영인을 응시했다.

그런 환야를 마주 본 채로 서 있던 유영인은 절절히 느껴야만 했다.

이제 환야는 자신이 알던 그 코흘리개 어린아이가 아니라는 것을.

자신을 향한 흔들리지 않는 강인한 눈동자, 그리고 몸에서 풍겨져 나오는 만만치 않은 기운까지도.

겉모습뿐만이 아니다.

이제는 속까지 완전히 커 버린 어른이 된 모양이다.

'이제 꼬맹이라 부르지도 못하겠네.'

그 사실이 못내 기쁘면서도 왠지 모르게 아쉬운 유영인이었다.

다 커 버린 환야를 바라보던 유영인이 이내 그런 속내를 감춘 채로 그의 질문에 대답했다.

"죽일 거야. 설령 그게 너라고 해도."

"……그래?"

"응, 미안하지만."

말을 마친 유영인이 슬며시 하늘을 올려다봤다.

자신이 있는 걸 들키는 바람에 모습을 드러내긴 했지만 이러고 있을 여유는 없었다. 괜히 이곳에 있다가 대공자 혁련휘와 조우하게 되는 일은 이쪽에서 사양이다.

유영인이 빙긋 웃으며 말했다.

"아무래도 시간이 없어서 이만 가 봐야겠네."

"벌써?"

"응, 네가 따르는 그자와 만나면 좀 골치 아파서 말이야."

말을 마친 유영인이 곧바로 땅을 박찼다.

그녀의 몸이 휙 날아오르더니 이내 바로 옆에 위치한 거목의 꼭대기에 착지했다. 환야는 나무 아래에서 위쪽을 바라만 봤고, 그런 그를 내려다보며 유영인이 짧게 말했다.

"다음에 만날 때까지 내 제안 잘 생각해 봐. 너와는 적이 되고 싶지 않으니까."

"……나도 누님과는 적이 되고 싶진 않아."

"좋은 대답 기다릴게."

말을 마친 그녀는 곧바로 허공에서 연기가 되듯 사라졌다.

완벽하게 어둠 속으로 사라진 그녀의 모습에 환야가 내심 혀를 내둘렀다.

'변한 게 없네.'

외모도 그렇고, 언제나 자신을 놀라게 하던 그 실력까지.

유영인은 예전 모습 그대로였다.

환야는 사라져 버린 그녀가 있던 자리를 계속 응시한 채로 작게 한숨을 내쉬었다.

죽은 줄 알았던 유영인과의 만남.

소중한 사람이었던 것만큼 그녀가 살아 있다는 사실이 너무나 기뻤다. 그렇지만 그런 그녀가 자신들의 반대편에 선 자들과 관련되어져 있다니……

더군다나 유영인은 자신에게 혁련휘를 떠나 그들의 편으로 돌아서라는 제의까지 했다.

'배신자라……'

머리가 아파 왔다.

환야가 손으로 이마를 감싸 쥔 채로 나지막이 중얼거렸다.

"누님, 오랜만에 만난 동생에게 너무하는 거 아닙니까."

* * *

조가보를 빠져나오는 건 생각보다 너무나 간단했다. 그저 혁련휘의 정체를 밝히는 것, 그거 하나만으로 모든 게 끝났으니까.

수많은 주요 서류들이 모이는 곳이긴 하나 그 모든 것이 마교의 상류층을 위해 만들어진 장소. 애초에 혁련휘가 요청을 하면 이곳의 서류 또한 곧바로 받아 볼 수 있다는 소리다.

더군다나 혁련휘는 마교의 대공자.

조가보를 드나들 권한이 있는 인물이었다.

그가 이곳에 왔다는 건 전혀 문제 될 것이 아니었기에 아무런 문제 없이 두 발로 걸어 나올 수 있었다.

혁련휘와 비설이 들어가는 걸 아무도 보지 못했다는 게 문제긴 했지만, 그들의 입장에서도 누군가가 침입한 사실을 알지 못했다는 건 처벌을 받아도 이상할 게 없는 상황이다.

오히려 조가보의 입장에서는 혁련휘가 경비가 소홀하지 않냐고 추궁하지 않은 것이 천만다행인 상황이었다.

혁련휘의 뒤에 말없이 서 있던 비설 또한 덩달아 바깥으로 걸어 나오며 내심 지금 이 상황을 어떻게 받아들여야 할지 고민에 잠겼다.

'이렇게 대놓고 걸어서 나올 줄은 몰랐는데…….'

정파의 상징인 삼천기 중 하나인 정도기를 훔쳐 나오는 길이 이토록 당당할 줄이야 누가 알았겠는가.

그 누구의 저지도 받지 않으며 태연하게 입구로 걸어 나오는 비설이 힐끔 혁련휘를 바라봤다.

'설마 훔치는 걸 도와주시기까지 할 줄이야.'

동생 혁리원에 대한 복수 말고는 크게 관심 없다는 건 애초부터 알았던바. 허나 그렇다고 해도 정도기를 미리 훔친 채로 자신을 기다릴 거라고는 생각도 하지 못했다.

아무런 말도 없이 뒤쫓고 있던 비설은 이내 자신들이 인적이 드문 마교의 외곽 부분으로 움직이고 있다는 걸 알아차렸다.

비설이 조심스레 입을 열었다.

"저기, 형님. 이쪽은 저희 장원으로 가는 길이 아닌 것 같은데……."

"이제 하나 남은 건가."

"예?"

갑작스러운 혁련휘의 중얼거림에 비설이 반문했을 때다.

발을 멈춘 그가 몸을 돌려 비설의 눈동자를 가만히 응시했다.

"여태 두 개를 챙긴 거잖아. 예전의 천도인장, 그리고 지금 네 품 안에 있는 정도기."

"아, 그렇죠."

비설이 고개를 끄덕였다.

사실 혁련휘와 지금 이런 이야기를 하는 것 자체가 당혹스러운 그녀였다. 마교의 대공자에게, 마교가 약탈해 보관 중이던 정파의 삼천기를 훔친 것에 대한 보고라니.

허나 이미 모든 걸 아는 혁련휘를 상대로 거짓말을 할 만한 거리가 없었다.

물론 북천회에 이 사실이 알려진다면 분명 큰 파문이 일긴 하겠지만…….

그런 그녀를 향해 혁련휘가 말을 이었다.

"너 정도의 실력자가 왜 환영학관에 들어왔나 처음부터 이상했지. 천도인장 사건 때 어느 정도 삼천기와 관련되었다고 생각은 했지만…… 이제는 확신이 드는군."

어느 정도 예상했지만 그래도 궁금했었다.

비설의 목적이 무엇인지, 왜 환영학관에 이어 마교까지 왔는지를.

비설은 그런 사실이 들통 난 것에 대해 내심 전전긍긍하고 있었지만 혁련휘는 달랐다.

오히려 그 모든 예상이 확신으로 바뀌니 조금 더 마음이 편안했다.

그리고 동시에 자연스레 드는 생각.

그건 삼천기 중 단 하나만이 남았다는 것이었다.

혁련휘가 몸을 돌리더니 다시금 한 걸음씩 걷기 시작했

고, 비설 또한 황급히 그 뒤를 쫓아 움직였다. 몇 걸음 걸어 나가던 혁련휘가 슬그머니 말을 꺼냈다.

"목표는 삼천기뿐인가?"

"네, 당장에는요."

비설은 고개를 끄덕이며 어렵사리 속내를 드러냈다. 정파의 재건이라는 막중한 임무를 띠고 있는 비설의 입장으로서는 혁련휘에게 이같이 뭔가를 말한다는 게 쉬운 일이 아니었다.

혁련휘를 믿는다.

그랬기에 그와 함께했고, 그의 옆에 있고 싶었다.

그럼에도 불구하고 여태 혁련휘에게 자신의 임무에 대해 말할 수 없었던 건 그만큼 정파의 재건이라는 것이 북천회와 자신에게 있어 너무도 중대한 사명이었던 탓이다.

외부로 드러나서는 절대 안 되는 비밀.

그런데 그걸 다른 이도 아닌 마교의 대공자가 알아 버렸다.

정말 말도 안 되는 이런 일이 벌어졌음에도 불구하고 그나마 이 정도의 침착함을 유지할 수 있는 건 아마도 혁련휘라는 사내에 대한 비설의 견고한 믿음 때문이리라.

비설이 혁련휘에게서 나올 말을 걱정하며 뒤쫓아 걷고 있는 그때였다.

혁련휘의 입이 천천히 열렸다.

"그럼…… 그 세 가지를 모두 회수하는 날에는 이곳을 떠날 거냐?"

"네?"

어째서 그런 일을 벌였는지에 대한 추궁이 이어질 줄 알았다.

헌데 혁련휘의 입에서 나온 말은 그런 비설의 예상과는 한참은 거리가 멀었다.

반문하는 비설을 향해 혁련휘가 여전히 앞만 보고 걷는 그 상태로 다시금 말했다.

"임무가 그거뿐이라면 세 개를 모두 회수하면 이곳에 있을 이유가 사라진다는 거잖아."

혁련휘가 걱정하는 건 바로 이것이었다.

비설에게 차라리 다른 임무도 있기를 바랐다.

그렇다면 조금이라도 더 오래 함께할 수 있었을 테니까.

그냥 삼천기만 회수하는 게 임무의 전부라면 고작 하나만이 남았을 뿐이다.

나머지 하나의 임무가 끝나고 비설이 사라질까 혁련휘는 그게 신경 쓰였던 것이다.

놀란 비설을 향해 혁련휘의 말이 이어졌다.

"널 도울 것이다. 네가 내게 그래 주었듯이. 허나 그로 인해 네가 떠나야 한다면…… 나는 아주 늦게 널 돕고 싶구나."

혁련휘의 그 말에 자신의 임무가 들통 났다는 것에 대한 조금의 찝찝함마저 사그라졌다.

비설이 혁련휘와 헤어지고 싶지 않았던 것처럼, 그 또한 마찬가지였다.

그런 그의 말에 비설은 마음이 짠해질 수밖에 없었다.

정파와 사파.

완전히 다른 운명을 타고난 그들. 그런 둘이 과연 영원히 함께할 수 있을까?

아마도 힘들겠지.

그 사실을 알기에 지금 혁련휘의 말이 이상할 정도로 마음 아프게, 또 심금을 흔들 정도로 아련하게 다가왔다.

순간 혁련휘가 말했다.

"떠나도 좋다. 다만…… 허락을 받거라. 내가 허락하지 않는 한, 너는 내 옆을 떠나서는 아니 될 것이다."

떠나기 위해서는 허락을 받으라는 그 말에 비설의 눈동자가 크게 떠졌다. 뒤따라 걷던 비설의 발이 자연스레 멈췄고, 멍하니 선 채로 그런 혁련휘의 등만 바라볼 때였다.

혁련휘 또한 비설의 움직임을 눈치챘는지 갑자기 발을 멈췄다.

그가 고개를 돌려 비설을 바라봤다. 그러고는 이내 나지막한 목소리로 말했다.

"나에겐 네가 필요하다."

두근두근.

필요하다는 그 한마디에 비설의 심장이 미칠 듯이 뛰기 시작했다.

필요하다는 게 과연 어떤 의미일까?

동생의 복수를 위해서? 아니면 또 다른 무엇 때문에? 허나 그 이유가 뭐가 됐든 간에 아무런 상관도 없었다.

자신이 필요하다는 것. 그저 그거 하나만으로도 충분했으니까.

'형님뿐만이 아닙니다.'

어찌해야 할까? 이 밀려오는 감정을.

'저에게도 형님이…… 형님이 필요합니다.'

자신을 바라보는 혁련휘의 눈동자.

저 눈빛이다.

자신이 환영이라 여겼던 혁련휘에게 공격을 가하다가 마지막에 강룡십팔장을 멈출 수 있었던 이유는 그 누구와도 다른 공허함 속에서조차 느껴지는 자신을 향한 따뜻한 저 눈빛 때문이다.

대답을 바라는 듯한 혁련휘의 시선을 받으며 비설이 크

게 고개를 끄덕였다.

"떠나지 않겠습니다. 형님이 허락하실 때까지요."

확답을 들어서일까?

혁련휘의 눈동자가 슬며시 가늘어지며 이내 그가 몸을 돌렸다.

그러고는 언제나처럼 짧고 간결한 어투로 말을 끝냈다.

"그 맹세 기억하지."

쑥스럽다는 듯 몸을 돌리고 걸어 나가는 혁련휘의 뒷모습을 바라보던 비설의 입가에 자그마한 미소가 걸렸다.

그녀가 재빠르게 혁련휘를 쫓으며 장난스럽게 말을 이었다.

"에이, 맹세까지는 아니고 약속 정도죠."

자신의 옆을 왔다 갔다 하며 시끄럽게 떠들어 대는 비설을 슬그머니 내려다보며 걷던 혁련휘가 작게 고개를 가로 저었다.

*   *   *

어둠을 틈타 비설이 움직이고 있었다.

쉬익, 쉭!

검은 무복을 벗어 던진 채로 평상시의 모습으로 돌아온

비설은 그 누구도 쫓기 힘들 정도의 속도로 빠르게 움직였다.

그리고 이내 그녀가 도착한 곳은 다름 아닌 정도기의 회수에 관련된 서신을 받았던 바로 그 비밀 거점이었다.

사전에 연락을 주고받은 탓에 이미 그 내부에서는 정도기를 회수해 갈 누군가가 기다리고 있었다.

그리고 그 대상은 유령밀부의 주인인 남궁무였다.

들어오기 무섭게 상대를 확인한 비설의 표정이 자신도 모르는 틈에 슬쩍 찡그려졌다. 그런 비설의 표정 변화를 느껴서일까?

의자에 앉아 있던 그가 자리에서 일어나며 말했다.

"싫은 티를 내도 너무 내는군."

"아, 그랬나요? 원래 감정을 잘 못 숨겨서요."

비설의 말에 남궁무 또한 표정을 잠시 구겼다.

원래 좋지 않았던 둘 사이가 혁련휘에 관련된 의견 대립으로 더욱 멀어진 상황.

내심 비설의 행동이 마음엔 안 들었지만 남궁무가 이곳에 온 건 유치한 감정싸움이나 하기 위함이 아니다.

남궁무가 말을 돌렸다.

"정도기를 회수했다고?"

"여기요."

비설은 등에 짊어지고 있던 얇은 나무 상자를 그에게 내밀었다.

아무렇지 않게 나무 상자를 받아 든 남궁무가 곧바로 옆에 있는 탁자에 그것을 올려놨다.

그러고는 상자의 뚜껑을 조심스럽게 열어젖혔다.

상자의 안에 곱게 접혀져 있는 물건, 그건 다름 아닌 정도기였다.

정도기를 눈으로 확인하는 순간 남궁무의 눈동자가 희열로 가득 찼다.

비설과 사이는 좋지 않지만 그는 뼛속까지 정파의 무인이다. 그런 그에게 정파 무림을 상징하는 정도기는 무척이나 뜻깊은 물건이었다.

남궁무가 상자 안에 들어 있던 정도기를 천천히 들어서 펼쳐 보였다.

붉은색과 노란색이 뒤섞인 정도기는 화려하면서도 감출 수 없는 강렬한 기운이 느껴지는 신묘한 물건이었다.

그리고 그 가운데 박혀져 있는 정(正)이라는 글자는 살아서 꿈틀거리는 것만 같은 느낌을 풍겼다.

그가 감동한 눈으로 정도기를 바라보다 이내 비설을 향해 말했다.

"……수고했군."

그답지 않은 말을 내뱉는 남궁무의 모습에 슬쩍 그를 바라봤던 비설이 이내 화제를 돌렸다.

"그나저나 정보에 구멍이 있어서 임무를 망칠 뻔했어요. 다음부터는 조금 더 확실하게 준비해 줬으면 좋겠다고 전해 주세요."

"정보에 구멍이 있었다고?"

"네. 정도기가 있는 그 건물의 긴 복도에 진법이 있더라고요. 들통 날 뻔했는데 아슬아슬하게 빠져나왔어요."

"쯧, 개방 놈들의 실력이 예전만 못하군."

못내 마음에 안 든다는 듯 남궁무가 중얼거렸다.

그런 그를 향해 비설이 가볍게 대꾸했다.

"다른 곳도 아닌 마교의 주요 거점 중 하나였으니까요. 아무리 개방이라 해도 쉽진 않았겠죠."

"알겠다. 상부에 보고해서 마지막 삼천기 건에 대해서는 조금의 실수도 없이 진행하도록 하지."

"그렇게 부탁할게요."

짧게 이야기를 끝마친 비설을 옆에 둔 채로 남궁무는 들고 있던 정도기를 조심스럽게 접어서 나무 상자 안에 넣었다.

비설이 짧게 말했다.

"그럼 건네 드렸으니 전 이만 돌아가죠. 또 다른 일이 생기면 연락 주시고요."

말을 마친 비설이 나가기 위해 막 발걸음을 떼려고 할 때였다.

정도기가 든 나무 상자를 등에 짊어지던 남궁무가 그런 그녀를 향해 물었다.

"아, 그거 말고 별다른 보고 사안은 없고?"

남궁무의 질문에 비설이 잠시 멈칫했다.

혁련휘가 자신들의 계획을 알아차렸다. 그리고 그건 분명 반드시 상부에 보고해야 할 일이라는 걸 비설은 알고 있었다.

그렇지만…… 그걸 보고한다면 혁련휘와 비설, 둘은 함께할 수 없다는 것 또한 알았다.

최악의 경우 혁련휘를 죽이겠다고 북천회가 움직일지도 모를 노릇.

비설이 고개를 돌려 남궁무를 바라봤다.

그녀가 남궁무의 눈을 똑바로 응시한 채로 입을 열었다.

"없어요."

〈다음 권에 계속〉